Histórias de
AMOR

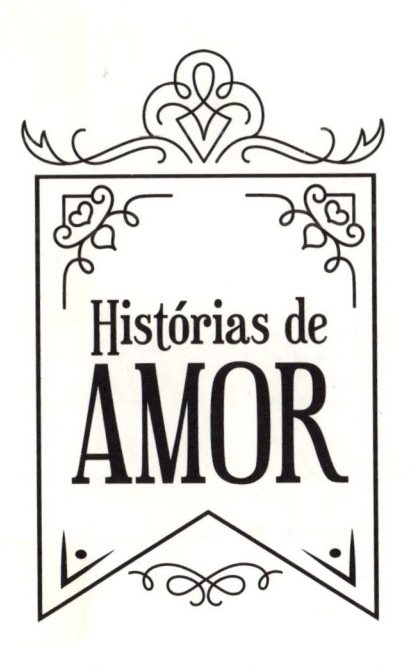

William Shakespeare

Antônio & Cleópatra

Tradução e introdução
Barbara Heliodora

2ª edição

EDITORA
NOVA
FRONTEIRA

Título original: *Antony and Cleopatra*
Copyright © da tradução by Espólio de Barbara Heliodora

Direitos de edição da obra em língua portuguesa no Brasil adquiridos pela EDITORA NOVA FRONTEIRA PARTICIPAÇÕES S.A. Todos os direitos reservados. Nenhuma parte desta obra pode ser apropriada e estocada em sistema de banco de dados ou processo similar, em qualquer forma ou meio, seja eletrônico, de fotocópia, gravação etc., sem a permissão do detentor do copirraite.

EDITORA NOVA FRONTEIRA PARTICIPAÇÕES S.A.
Rua Candelária, 60 — 7º andar — Centro — 20091-020
Rio de Janeiro — RJ — Brasil
Tel.: (21) 3882-8200

Dados Internacionais de Catalogação na Publicação (CIP)
(Câmara Brasileira do Livro, SP, Brasil)

S527a Shakespeare, William
    Antônio e Cleópatra / William Shakespeare; traduzido por Barbara Heliodora. - 2. ed. - Rio de Janeiro: Nova Fronteira, 2022. (Coleção Histórias de amor)
    208 p. ; 13,5 x 20,8 cm

    Título original: Antony and Cleopatra

    ISBN: 978-65-5640-473-8

    1. Teatro. I. Heliodora, Barbara. II. Título.

CDD-822
CDU: 82-2

André Queiroz – CRB-4/2242

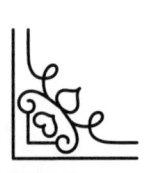

Introdução

Se em *Júlio César*, no limiar do período trágico, Shakespeare compactou toda a obra em torno do significado de uma única ação, e com estilo despojado evocou a *gravitas* romana, em 1608, boa parte da tragédia de *Antônio e Cleópatra* vive da evocação da avassaladora amplitude do Império Romano: desde o início da carreira que Shakespeare vinha fazendo bom uso da neutralidade do palco elisabetano, mas nada se compara à mobilidade da cena desta tragédia de amor. A cena se desloca de Alexandria (vários locais) para Roma (também vários locais), para Messina, a área de Misenum, a galera de Pompeu no Mediterrâneo, uma planície na Síria, Atenas, e vários locais em torno de Actium, em um total de mais de trinta localidades diferentes, a fim de ilustrar tudo o que está em jogo, em última análise em função da vida particular, da paixão, de um dos três homens que governavam virtualmente todo o mundo conhecido. Como em *Júlio César*, no entanto, não há enredos secundários; todos os vários momentos e situações apresentados são em última análise relevantes para uma única ação central — o que acontece quando um general que cresceu e viveu segundo os proclamados códigos de disciplina e austeridade de Roma os abandona por amor e se entrega ao que, aos olhos romanos, era o pecaminoso e decadente quadro da languidez e da devassidão asiática.

Shakespeare usa toda uma série de recursos para estabelecer a dimensão do abalo para o mundo dessa alteração de comportamento: para poder corresponder à expansão do espaço, dificilmente a linguagem poética, imaginativa, poderia ser mais distante do despojamento e da austeridade de *Júlio César*, pois *Antônio e Cleópatra* tem lugar em um universo emocional muito diverso das outras peças romanas de cunho muito mais predominantemente político, como a própria *Júlio César* e *Coriolano*. Para sugerir a vastidão do Império Romano, além da estonteante variação de locais, em nenhuma outra peça Shakespeare utilizou tantas imagens do mundo, dos mares, do céu e das estrelas, tantas referências à pura e simples vastidão de tudo, que criam um universo de grandiosidade. Essa monumentalidade é também, em vários momentos, atribuída a sentimentos e atos humanos, bastando lembrar os termos em que Cleópatra fala da generosidade de Antônio:

    ... a seu serviço
Coroas, diademas, reinos, ilhas
Caíam-lhe dos bolsos, quais moedas.

Shakespeare só escreveu duas tragédias de amor, e a pureza e a juventude de *Romeu e Julieta* formam clamoroso contraste com o outonal amor de um par de amantes já mais do que vividos, mas que nem por isso deixam de acabar por superar seus defeitos e limitações e, como o outro casal, morrer por amor. Mas para o papel de Cleópatra, plena de sensualidade, o poeta tinha de enfrentar um problema de excepcional dificuldade, já que o teatro inglês de seu tempo não podia contar com atrizes, uma bizarra consequência do próprio processo de desenvolvimento do teatro na Inglaterra: se nas origens religiosas do teatro moderno, ou seja, de uma atividade teatral contínua até os dias de hoje, eram monges que interpretavam as pequenas dramatizações realizadas dentro da própria igreja, quando esses espetáculos passaram a ser representados por irmandades leigas, das quais mulheres participavam, as atrizes apareceram no continente europeu. Na Inglaterra, no entanto, ao sair da igreja, o teatro foi para as mãos das corporações de ofício, as guildas, onde também não havia mulheres, estando estas restritas aos trabalhos domésticos. Quando o teatro se separou definitivamente dos espetáculos religiosos, a tradição de homens fazendo todos os papéis estava por demais estabelecida para ser alterada, e é por isso que via de regra as protagonistas shakespearianas são muito jovens, a serem interpretadas pelos aprendizes de ator antes de mudarem suas vozes.

O caso de Cleópatra, no entanto, é diferente: esta tragédia fala de um amor adulto e de grande intensidade sexual, e exigiu do autor a busca de soluções variadas e imaginativas para que pudesse contornar a dificuldade: a poesia é o instrumento mais importante do teatro elisabetano, e a figura de Cleópatra é privilegiada pelo número de referências que a exaltam quando ela não está em cena, em particular pela famosa descrição que faz Enobarbus de sua aparição em Cydnus, quando Marco Antônio a conhece (no Ato II, Cena II), ou, ainda na mesma cena, sua reação quando Mecenas sugere que, agora casado com Otávia, Marco Antônio terá de abandoná-la:

> Nunca; não pode:
> O tempo não a seca, e nem gastam-se
> Com o uso seus encantos; outras cansam
> O apetite que nutrem; porém ela
> Afaima o satisfeito. O que há de vil
> Cai-lhe tão bem que até os sacerdotes
> A abençoam quando é mais devassa.

A referência aos aspectos negativos da rainha egípcia é parte integrante da criação do personagem: seus caprichos, suas incoerências, sua instabilidade emocional emprestam a Cleópatra características de um "papel de composição", muito mais acessível ao ator adulto do que seria se fosse ela sempre carinhosa, feminina, suave. Porém, a amplidão do universo da tragédia e os fatos históricos é que oferecem a Shakespeare o mais eficiente recurso para a solução de seu problema: em uma peça composta por 42 cenas, Antônio e Cleópatra só estão ambos presentes em 13, sendo que em uma dessas só aparecem sucessivamente. Compensada pelas frequentes referências que lhe são feitas, Cleópatra aparece em cena muito menos que Antônio: em apenas quatro cenas ela aparece sem ele, enquanto ele tem nada menos que 11 cenas sem a presença física da rainha.

A solução de limitar a presença em cena de Cleópatra não lhe tira, de modo algum, a importância de coprotagonista, valendo a pena citar o que diz a respeito o poeta A.C. Swinburne: "Parece ser um sinal ou marca de nascença só daqueles maiores entre os poetas o poder de elevar-se, momentaneamente, acima dos píncaros de sua capacidade narrativa inata, no instante em que pensam em Cleópatra. Assim foi, como sabemos todos, com Shakespeare [...] assim, desde sua primeira aurora imperial no palco de Shakespeare até o poente daquela estrela do oriente atrás de uma mortalha de nuvens indissipáveis, podemos sentir o encanto e o terror e o mistério de sua alma absoluta e real."

Não é menos rica ou complexa a retratação de Antônio: o aristocrata que pressupõe seu direito ao poder aparece nesta tragédia como o mesmo Marco Antônio de *Júlio César*, com suas qualidades e seus defeitos acentuados pela idade. Com incrível capacidade de dedicação e fidelidade à figura que idealiza em cada estágio de sua vida, na primeira peça foi por César que ele agiu, e nesta se submete totalmente aos interesses de Cleópatra. A grande diferença entre as duas situações é que no primeiro caso ele permanece totalmente romano, enquanto agora a sua tragédia terá como ação crítica o abandono de seu código romano de comportamento por influência de sua paixão egípcia, que o leva eventualmente a se tornar inimigo da própria Roma. Essa entrega a interesses de outrem é parte integral de sua generosidade, e a contrapartida desta é sua incapacidade de se dedicar com exclusividade à conquista do poder, a marca registrada de Otávio Augusto, também já presente desde *Júlio César*.

As diferentes atitudes dos dois triúnviros ante o poder determinam um aspecto fundamental da obra: assim como Cassius era sempre dominado pela personalidade de Brutus, também o "demônio" de Marco Antônio não consegue dominar o do jovem Otávio Augusto, que acaba por derrotá-lo apesar de toda a competência e a experiência militar do primeiro. Sem a dedicação à Cleópatra, no entanto, Antônio teria atacado por terra, onde todos acham que ele sairia vitorioso; mas Cleópatra tem orgulho de sua esquadra, e ele comete o erro fatal de concordar com ela.

Como em todas as peças de natureza ou de fundo histórico que escreveu, Shakespeare não se prende aqui a uma transcrição fiel dos fatos, recriando, antes, a essência do que aconteceu no período. No caso presente, como no de *Coriolano*, quando escreve tragédias, e não peças históricas, a identificação do processo com características dos personagens que vivem o conflito domina claramente o quadro: *Antônio e Cleópatra* é a tragédia de um amor, outonal, mas como tal amor liga um triúnviro romano e a Rainha do Egito, as ações destes têm repercussão abaladora para o Estado. Como disse Laertes a Ofélia, advertindo-a para não confiar na possibilidade de Hamlet casar-se com ela:

Ele é um nobre e assim sua vontade
Não lhe pertence, e sim à sua estirpe:
Ele não pode, qual os sem valia,
Escolher seu destino; dessa escolha
Dependem a segurança e o bem do Estado.

A posição de Marco Antônio no poder o obrigaria a saber que não poderia amar Cleópatra sem cair em contradições insustentáveis, mas aquela dose de autoindulgência que o chamava para o prazer — e que já em *Júlio César* o tornava simpático, mas, mesmo assim, condenável aos olhos do circunspeto Brutus — o leva a acreditar que poderia ficar com o que lhe parecia o melhor de dois mundos...

A par das inúmeras imagens de céu, oceano, grandes expansões, uma outra ideia permeia toda a tragédia: a de mudança. Logo num primeiro momento nota-se o quanto a paixão de Antônio o transformou: os hábitos egípcios suplantaram os romanos, os prazeres suplantaram os deveres e, pior, transformaram-se em devassidão. Não sendo poucas as suas glórias passadas, não há dúvida de que a vitória final de Otávio Augusto e a morte de Antônio se apresentam como o fim de uma era: acabou-se a república, acabou a disfarçada ditadura dos triunviratos; a consequência final da morte de César é justamente o que Brutus pensava poder evitar — a implantação do sistema imperial, no qual a vontade de um homem seria suprema. A paixão de Marco Antônio expressa bem o outono de sua vida, que se torna descartável quando o novo César deixa bem claro que poder não é assunto para diletantes...

Cleópatra, que historicamente morreu em 30 a.C., com 38 anos, acaba por ser feita um pouco mais velha do que era, uma herança do período de César: filha de Ptolomeu Aletes, ela herdara o trono egípcio em 51 a.C., junto com o irmão/marido, cujos guardiães (ele era bem mais moço do que ela) a expulsaram do trono dois anos mais tarde. Mas ao trono ela voltou, em 48, com o apoio de Júlio César, cuja amante se tornou, e de quem teve um filho, Cesárion. Depois da morte de César ela conhece Marco Antônio (em 41), de quem também se tornou amante, e o apoia em seus conflitos com Otávio. A derrota da esquadra egípcia em Actium (em 31), no entanto, foi fatal para ambos: Cleópatra, amedrontada, faz correr o boato de sua morte e, ao saber da notícia, Marco Antônio, voltando a seus princípios romanos, se mata caindo sobre a própria espada. Sem seu apoio, e com medo de ser levada para Roma como prisioneira, Cleópatra também se mata.

A ação da tragédia, portanto, cobre um período histórico de quase dez anos (de 41 a 30 a.C.), e as incontáveis mudanças de local servem, igualmente, para sugerir passagem de tempo. Em uma análise já clássica dessa passagem ficam identificados um total de 11 "dias" de ação, assim distribuídos:

1. Ato I, Cenas I-IV
2. Ato I, Cena V; Ato II, Cenas I-III
3. Ato II, Cena IV
4. Ato II, Cenas V-VII
5. Ato III, Cenas I-III
6. Ato III, Cenas IV e V
7. Ato III, Cena VI
8. Ato III, Cenas VII-X
9. Ato III, Cenas XI-XIII; Ato IV, Cenas I-III
10. Ato IV, Cenas IV-IX
11. Ato IV, Cenas X-XV; Ato V, Cenas I E II

Deve-se supor passagens mais prolongadas de tempo depois dos dias 1, 3, 4, 5, 6, 7 e 9; porém, a ilusão criada é a de uma ação contínua, de causa e efeito, com o processo pessoal e o político correndo paralelos, já que se influenciam mutuamente. Toda tragédia fala de paixão, no sentido "de dicionário" da palavra: "Sentimento ou emoção levados a um alto grau de intensidade, sobrepondo-se à lucidez e à razão." No caso de Cleópatra e Marco Antônio, essa paixão é sexual, mas o que importa realmente é sua característica de levar à desmedida, ao descontrole, à incapacidade de se raciocinar com clareza. Essa paixão é que leva ao erro de julgamento a que se refere Aristóteles; que leva o herói trágico a passar da felicidade para a infelicidade. Pela desmedida de sua paixão, tanto Antônio quanto Cleópatra, governantes, negligenciam seus deveres e responsabilidades, mas Shakespeare faz, nessa última explosão de amor em sua obra, com que a mesma paixão leve os dois amantes, no final da catástrofe trágica, a se superarem graças ao mesmo amor que os levou ao erro, e a morrerem um por amor ao outro, mesmo que separadamente, e alcançando, mesmo na hora da morte, aquele momento de serenidade que o estoico Sêneca desde cedo ensinara ao poeta ser parte da afirmação da dignidade humana que dá a verdadeira estatura da tragédia.

Barbara Heliodora

Dramatis personae

ANTÔNIO
OTÁVIO CÉSAR — Triúnviros.
LÉPIDO
SEXTO POMPEU, rebelde contra os triúnviros.
DOMITIUS ENOBARBUS
VENTIDIUS
EROS
SCARUS — Amigos de Antônio.
DERCETAS
DEMÉTRIO
FILO
MECENAS
AGRIPPA
DOLABELLA — Amigos de César.
PROCULEIUS
TÍDIAS
GALLUS
MENAS
MENECRATES — Amigos de Pompeu.
VARRIUS
TAURUS, Tenente-general de César.
CANIDIUS, Tenente-general de Antônio.
SILIUS, um Oficial no Exército de Canidius.
Um "Mestre-escola" servindo de Embaixador de Antônio a César.

ALEXAS
MARDIAN, um eunuco ⎱ Servidores de Cleópatra.
DIOMEDES
SELEUCIUS, tesoureiro de Cleópatra.
Um Vidente
Um Cômico
CLEÓPATRA, rainha do Egito.
OTÁVIA, irmã de César.
CHARMIANA
IRAS
Oficiais, Soldados, Mensageiro e outros servos.

A CENA: Vários pontos do Império Romano.

ATO I

Cena I — Alexandria. Uma sala no Palácio de Cleópatra.

> (*Entram Demétrio e Filo.*)

FILO
> Essa tola paixão do general
> Passa os limites: o seu nobre olhar
> Que brilhou sobre tropas guerreiras,
> Qual Marte armado, hoje gira e firma
> Serviço e devoção de sua mira
> Numa testa morena; e o coração
> Que no calor da luta arrebentou
> As fivelas do peito, sem controle
> Tornou-se o fole e leque que refrescam
> O cio da cigana.
> (*Clarinada. Entram Antônio, Cleópatra, suas Damas, seu séquito, com eunucos a abaná-la.*)
> Ei-los que vêm!
> Repare bem, e poderá ver nele
> Um dos pilares do mundo transformado
> Em bobo de rameira: é só olhar.

CLEÓPATRA
> Mas se sou mesmo amada, diga quanto.

ANTÔNIO
> É pobre o amor que pode ser medido.

CLEÓPATRA
> Vou limitar o quanto ser amada.

ANTÔNIO
> Terá de encontrar novos céu e terra.

(*Entra um Mensageiro.*)

MENSAGEIRO
Novas de Roma.

ANTÔNIO
O que importa? Resuma.

CLEÓPATRA
Não, Antônio, deve ouvi-las.
Fúlvia pode zangar-se: e pode ser
Que o César meio imberbe nos mandasse
Ordens duras de: "Faça isso, ou isso;
Conquiste aquele reino, livre aquele;
Faça, ou está perdido."

ANTÔNIO
O que, amor?

CLEÓPATRA
Pode ser? Não, com certeza:
Aqui não fica; a tua demissão
Veio de César; então ouve, Antônio.
E o processo de Fúlvia? Ou de César? De ambos?
Chama os mensageiros. Por minha coroa
Estás corando, Antônio; e esse sangue
É honra a César; ou é por vergonha
Se Fúlvia grita. Entrem, mensageiros!

ANTÔNIO
Derreta Roma no Tibre; e que caia
O arco do império! Este é o meu espaço!
Reinos são barro! O esterco da terra
Homem e bicho alimenta. Nobreza
É agir assim: quando um par que se ama,

(*Abraça-a.*)
Assim como nós dois, determino
Que o mundo saiba, ou sofra punição,
Que não temos iguais.

CLEÓPATRA
                    Bela mentira!
Então casou com Fúlvia, sem amá-la?
Pareço boba, mas não sou. Antônio,
Seja você mesmo.

ANTÔNIO
                    Movido por Cleópatra.
Mas pelo amor do Amor, que é tão suave,
Não vamos perder tempo com disputas.
Não devemos viver um só minuto
Sem prazeres. Qual é o desta noite?

CLEÓPATRA
Ouvir os embaixadores.

ANTÔNIO
                    Oh, rainha!
À qual tudo cai bem — ralhar, sorrir,
Chorar: como em ti lutam as paixões
Para em ti serem belas e admiradas!
Mensageiro, só seu, e ambos sozinhos
À noite caminhemos pelas ruas
Pra ver o povo. Foi, minha rainha,
O que ontem desejou. (*para o mensageiro*) Não fales mais.

(*Saem Antônio e Cleópatra com seu Séquito.*)

DEMÉTRIO

    Vale tão pouco César para Antônio?

FILO

    Quando não é Antônio, vez por outra,
    Fica ele bem aquém das qualidades
    Que calham a Antônio.

DEMÉTRIO

                Sinto muito
    Que ele comprove os caluniadores
    Que falam dele em Roma; mas espero
    Que amanhã aja melhor. Passe bem!

(*Saem.*)

CENA II — NO MESMO LUGAR. OUTRA SALA.

(*Entram Enobarbus e um oficial Romano, um Vidente, Charmiana, Iras, Mardian, o Eunuco, e Alexas.*)

CHARMIANA

    Senhor Alexas, doce Alexas, Alexas quase tudo, Alexas quase absoluto, onde está o vidente que prometeu à rainha? Quero conhecer esse marido que você garante terá os chifres cobertos de guirlandas!

ALEXAS

    Vidente!

VIDENTE

    O que deseja?

CHARMIANA

    É esse? É o senhor, então, que sabe coisas?

VIDENTE
>> No livro de segredos da natureza
>> Um pouco eu posso ler.

ALEXAS
>> Dê-lhe a mão.

ENOBARBUS
>> Tragam logo o banquete; e muito vinho
>> Pra beber à saúde de Cleópatra.

(*Entram Criados com vinho e outras bebidas e saem.*)

CHARMIANA
>> Bom senhor, dê-me uma boa sorte.

VIDENTE
>> Eu não dou; apenas prevejo.

CHARMIANA
>> Então preveja-me uma.

VIDENTE
>> Você há de ficar melhor que é.

CHARMIANA
>> Ele fala da carne.

IRAS
>> Não; vai pintar-se na velhice.

CHARMIANA
>> Que as rugas não deixem!

ALEXAS
>> Não atrapalhem. Prestem atenção.

CHARMIANA
>> Silêncio!

VIDENTE
>> Vai amar mais do que será amada.

CHARMIANA
>> Antes esquentar o fígado com bebida!

ALEXAS
>> Não; escutem.

CHARMIANA
>> Agora quero alguma sorte ótima! Quero me casar com três reis de manhã, e ficar viúva de todos. Que eu tenha um filho aos cinquenta, e que Herodes dos Judeus o sirva. Descubra se vou casar com Otávio César, e me coloque em pé de igualdade com minha senhora.

VIDENTE
>> Há de viver mais do que a senhora a quem serve.

CHARMIANA
>> Ótimo! Gosto de vida longa mais do que de figos.

VIDENTE
>> Mas já viu e provou melhor sorte
>> Do que a que agora chega.

CHARMIANA
>> Então parece que meus filhos não terão nome. Por favor, quantos meninos e meninas terei?

VIDENTE
>> Tivessem úteros os seus desejos,
>> E fossem todos férteis, um milhão.

CHARMIANA
>> Chega, tolo! Eu lhe perdoo as tolices.

ALEXAS
>> Você pensa que só seus lençóis sabem dos seus desejos.

CHARMIANA
>> Vamos; agora diga a de Iras.

ALEXAS
> Todos queremos saber nossa sorte.

ENOBARBUS
> A minha, e a maior parte da nossa sorte para esta noite, será cairmos bêbados na cama.

IRAS
> Eis uma palma que promete castidade, se não prometer mais nada.

CHARMIANA
> Como o transbordo do Nilo promete fome.

IRAS
> Parceira de cama louca, não sabe prever nada.

CHARMIANA
> Se uma palma suarenta não for prognóstico fértil, eu não distingo água de vinho. Por favor, dê a ela só uma sorte bem medíocre.

VIDENTE
> A sorte das duas é igual.

IRAS
> Mas qual? Qual? Quero os detalhes.

VIDENTE
> Já acabei.

IRAS
> A minha não é nem um dedinho melhor do que a dela?

CHARMIANA
> Bem, e se tivesse a sorte com um dedinho melhor que a minha, onde a havia de querer?

IRAS
> Não no nariz do meu marido.

CHARMIANA
>Que os céus corrijam nossos piores pensamentos! Alexas — vamos, a sorte dele, a dele! Que se case com uma mulher que não anda direito, doce Ísis, eu lhe imploro, e que ela morra logo, e outra ainda pior a seguir, e uma pior atrás de outra, até a pior de todas levá-lo rindo para a cova, cinquenta vezes corno! Boa Ísis, ouve-me esta prece, mesmo que me negues, pedido mais sério: boa Ísis, eu lhe imploro!

IRAS
>Amém. Querida deusa, ouve a prece do povo! Pois assim como parte o coração ver homem bonito com mulher sem vergonha, é muito triste ver um safado não ser corneado. Portanto, querida Ísis, por uma questão de decoro, dê-lhe a sorte que ele merece!

CHARMIANA
>Amém!

ALEXAS
>Vejam só, se coubesse a elas fazer-me corno, estariam fazendo rameiras de si mesmas, mas mesmo assim o fariam.

ENOBARBUS
>(*Ordena silêncio.*)
>Shh, lá vem Antônio.

(*Entra Cleópatra.*)

CHARMIANA
>Não, a rainha.

CLEÓPATRA
>Viram o meu amo?

ENOBARBUS
>Não...
CLEÓPATRA
>Não estava aqui?
CHARMIANA
>Não, minha senhora.
CLEÓPATRA
>Queria divertir-se; e de repente
>Pensou como um romano. Enobarbus!
ENOBARBUS
>Senhora.
CLEÓPATRA
>Procure-o.
>(*Sai Enobarbus.*)
>Onde está Alexas?
ALEXAS
>A seu serviço. O meu amo está vindo.
CLEÓPATRA
>Não o queremos ver; venham conosco.

>(*Saem.*)
>(*Entra Antônio com um Mensageiro.*)

MENSAGEIRO
>Primeiro sua esposa Fúlvia veio a campo.
ANTÔNIO
>Contra meu irmão Lucius?

Mensageiro
>Sim.
>Mas tal guerra acabou, e o estado tempo
>Os fez amigos, unidos contra César,
>Cujo sucesso na guerra, da Itália,
>Ao final da batalha, os expulsou.

António
>O que há de pior?

Mensageiro
>A má notícia infecta quem a dá.

António
>Se chega a um tolo ou um covarde. Fale!
>Pra mim, o feito já acabou. E assim
>Quem verdade me diz, mesmo de morte,
>Recebo qual agrado.

Mensageiro
>>Labieno —
>É dura a nova — com sua tropa pártia
>Conquistou a Ásia: a partir do Eufrates
>Triunfou-lhe a bandeira, desde a Síria
>Até a Líbia e a Jônia;
>>Enquanto…

António
>>Antônio, ia dizer…

Mensageiro
>>>Senhor!

ANTÔNIO
>Fale claro, diga o que dizem todos:
>O que falam de Cleópatra em Roma;
>Agrida como Fúlvia os meus defeitos
>Com a força que a verdade e a malícia
>Têm pra falar. Crescem ervas daninhas
>Em mentes mortas; ouvir nossos erros
>Ajuda a ará-las. Volte logo mais.

MENSAGEIRO
>Ao seu nobre dispor.

>(*Sai.*)
>(*Entra um outro Mensageiro.*)

ANTÔNIO
>Que novas vêm de Sícion? Fale logo!

2º MENSAGEIRO
>O homem de Sícion —

ANTÔNIO
>Ele está aí?

2º MENSAGEIRO
>Aguarda ordens suas.

ANTÔNIO
>>Pois que entre.
>(*Sai o 2º Mensageiro.*)
>Se eu não partir estes grilhões egípcios
>Me perco por amor.
>(*Entra um outro Mensageiro, com uma carta.*)
>>Quem é você?

3º MENSAGEIRO
>'Stá morta Fúlvia, sua esposa.

António
                                          E onde?

3º Mensageiro
    Em Sícion.
    O curso da doença, e tudo o mais
    Que lhe importa saber, está aqui.

    (*Dá-lhe a carta.*)

António
                                  Desculpem-me.
    (*Sai o 3º Mensageiro.*)
    Foi-se uma grande alma! Eu o quis.
    Aquilo que afastamos com desprezo,
    Nós queremos de volta. O prazer de hoje,
    Baixando em sua órbita, acaba sendo
    O seu contrário. Morta, ela é boa.
    E a colheria a mão que a empurrou.
    Devo quebrar o encanto da rainha,
    Mil males mais que aqueles que conheço,
    A minha inércia choca. Ei, Enobarbus!

(*Volta Enobarbus.*)

Enobarbus
    O que deseja, senhor?

António
    Preciso partir daqui depressa.

ENOBARBUS
> Mas matamos então nossas mulheres. Vemos a todo momento como qualquer indelicadeza é fatal para elas. Se tiverem de enfrentar nossa partida, é morte certa.

ANTÔNIO
> Eu tenho de partir.

ENOBARBUS
> Em um caso extremo, que as mulheres morram. Seria uma pena jogá-las fora por nada, embora entre elas e uma grande causa, tenham de ser consideradas como nada. Cleópatra, se captar o menor sussurro a respeito, morre na hora. Já a vi morrer vinte vezes por razões menos importantes. Penso que a morte deve ser muito potente, e atua sobre ela como um ato de amor, pois morre com grande rapidez.

ANTÔNIO
> É mais ardilosa do que possamos imaginar.

ENOBARBUS
> Nada disso, senhor; suas paixões são geradas da parte mais pura do amor. Não podemos chamar suas ventanias e aguaceiros de suspiros e lágrimas; são tormentas e tempestades maiores do que as dos almanaques. Não pode ser ardil. Se fosse, faria jorrar chuva tão bem quanto Júpiter.

ANTÔNIO
> Quem me dera jamais a ter visto!

ENOBARBUS
> Senhor, teria deixado sem ser vista uma obra maravilhosa, sem cujas bênçãos ficariam desacreditadas suas viagens.

ANTÔNIO
> Fúlvia morreu.

ENOBARBUS
> Senhor?

ANTÔNIO
> Fúlvia morreu.

ENOBARBUS
> Fúlvia?

ANTÔNIO
> Morreu.

ENOBARBUS
> Ora, senhor, ofereça aos deuses um sacrifício de agradecimento. Quando apraz aos deuses tirar a mulher de um homem é para mostrar-lhe quem são os alfaiates da terra; consolando-os com o saber que quando as roupas velhas se gastam, há quem lhes faça novas. Não houvesse mulher além de Fúlvia, teria recebido realmente um golpe, e o caso mereceria lamentos. Esta dor tem consolo, sua camisa velha vira um saiote novo, e na verdade são de cebola as lágrimas que regam tal tristeza.

ANTÔNIO
> Os negócios que ela criou no Estado
> Não suportam minha ausência.

ENOBARBUS
> E os negócios que criou aqui não admitem sua falta, em particular os de Cleópatra, que depende integralmente de sua permanência.

ANTÔNIO
                Chega de tolices. Ora proclame
                A nossos oficiais o nosso intento.
                Eu mesmo explico as novas à rainha,
                E obtenho permissão para partir.
                Outras questões, mais que a morte de Fúlvia,
                Nos falam perto, como as muitas cartas
                Sobre amigos que em Roma nos intrigam
                Nos chamam para casa. Sexto Pompeu
                Desafiou a César, e domina
                O império do mar. E o povo, esquivo,
                Cujo amor não dá a quem o merece
                Senão quando já tarde, começa a jogar
                Pompeu, o Grande e todos os seus méritos
                Sobre o filho — que ao nome e poder,
                Junta grande bravura, e se apresenta
                Pra glória militar; e, sem controle,
                Põe o mundo em perigo. 'Stá crescendo
                Muita coisa que, como crina, já vive,
                Mas inda sem veneno. Aos que mandamos,
                Diz que só nosso prazer requer
                Que partamos daqui.

ENOBARBUS
                Assim farei.

(*Saem.*)

Cena III — No mesmo lugar.

(*Entram Cleópatra, Charmiana, Alexas e Iras.*)

CLEÓPATRA
Onde está ele?
CHARMIANA
Eu não o vi mais.
CLEÓPATRA
(*Para Alexas.*)
Vê onde está, com quem e o que faz:
Não te mandei. Se o encontras triste,
Diz-lhe que danço; e, se alegre, diz-lhe
Que, num repente, adoeci. Vai e volta.

(*Sai Alexas.*)

CHARMIANA
Senhora, eu creio que se o ama mesmo
Não é esse o caminho pra forçar dele
O mesmo amor.
CLEÓPATRA
O que devo fazer?
CHARMIANA
Ceder em tudo, e não contrariá-lo.
CLEÓPATRA
Ensinas mal; assim o perderia.

CHARMIANA
>	Não o tente tanto. Eu lhe peço que não.
>	O tempo faz o medo virar ódio.
>	(*Entra Antônio.*)
>	Chegou Antônio.

CLEÓPATRA
>	E eu me sinto mal.

ANTÔNIO
>	Eu lamento dar voz ao meu intento.

CLEÓPATRA
>	Ampara-me, Charmiana! 'Stou caindo!
>	Não posso durar muito; este meu corpo
>	Não o suporta.

ANTÔNIO
>	Querida rainha...

CLEÓPATRA
>	Fica longe de mim.

ANTÔNIO
>	Mas o que foi?

CLEÓPATRA
>	O teu olhar me diz que há boas novas.
>	Que foi? A esposa vai deixar-te ir?
>	Quem dera não te deixasse vir aqui!
>	Não diga ela que eu não te prendo aqui.
>	Não tenho esse poder, eu sei que é dela.

ANTÔNIO
>	Sabem os deuses...

CLEÓPATRA
>	Nunca uma rainha
>	Foi tão traída! Mas desde o princípio
>	Vi a traição plantada.

ANTÓNIO
                    Mas Cleópatra...

CLEÓPATRA
Como crer possas ser fiel e meu,
Nem que jures pelos teus deuses todos,
Se a Fúlvia foi falso? É insensatez
Ser enredada por juras de boca,
Partidas quando feitas!

ANTÓNIO
                    Doce amada...

CLEÓPATRA
Não procures enfeitar tua partida.
Diz adeus e vai. Quando quis ficar,
Foi hora de falar; não partiria.
Lábios e olhos falavam do eterno
E de felicidade: tudo em mim
Era parte do céu. E ainda é.
Ou o maior guerreiro deste mundo
É o maior mentiroso.

ANTÓNIO
                    Mas, senhora...

CLEÓPATRA
Tivesse eu tuas medidas e veria
Que há um coração no Egito.

ANTÓNIO
                    Ouve, rainha:
Fortes razões deste momento exigem
Meu serviço; porém meu coração
Aqui fica contigo. Em nossa Itália
Espadas brilham; e Sexto Pompeu
Já se aproxima do porto de Roma;

Duas forças domésticas iguais
Geram melindres; e o odiado forte,
Torna-se amor; Pompeu, o condenado,
Enriquecido com as glórias do pai,
Penetra em corações que não floriram
Neste governo, em números que assustam;
E a paz, cansada do descanso, busca
Qualquer saída louca. Mas a mim
O que mais toca e lhe dá mais sossego
É a morte de Fúlvia.

CLEÓPATRA
Pode a idade não me livrar da insânia,
Mas sim da ingenuidade. Fúlvia morre?

ANTÔNIO
Ela está morta, minha rainha.
(*Mostra-lhe as cartas.*)
Eis aqui, e com o tempo soberano
Lê tudo o que causou e, finalmente,
Como e quando morreu.

CLEÓPATRA
                    Pérfido amor!
Onde estão os vasos que deveria encher
De água em luto? Agora, sim, eu vejo
Por Fúlvia como receberás a minha morte.

ANTÔNIO
Não brigues mais e antes sabe, agora,
O que planejo, e que segue ou cessa
Segundo o teu conselho. Pelo fogo
Que aquece o limo do Nilo, daqui parto
Teu soldado, fazendo guerra ou paz
Segundo o teu desejo.

CLEÓPATRA
                    Vamos, Charmiana!
          Deixa pra lá; fico doente ou sã
          Segundo o amor de Antônio.
ANTÔNIO
                         Calma, agora;
          E crê neste amor que se submete
          A prova honrada.
CLEÓPATRA
                    Fúlvia assim me disse.
          Primeiro, por favor, chora por ela,
          Depois me diz adeus, e que essas lágrimas
          São do Egito. Faz agora uma cena
          De lindo fingimento, que pareça
          Das mais honradas.
ANTÔNIO
                    Chega. Não me esquentes.
CLEÓPATRA
          Sabes fazer melhor. Mas está boa.
ANTÔNIO
          Por minha espada...
CLEÓPATRA
                    E alvo. Já conserta.
          Mas inda faz melhor. Vê só, Charmiana,
          Como o romano hercúleo representa
          Todo o aspecto da fúria.
ANTÔNIO
          Eu te deixo, senhora.

CLEÓPATRA

    Uma palavra.
    Senhor, nos separamos; não é isso;
    Senhor, já nos amamos; não é isso;
    Isso já se sabe. Mas há qualquer coisa...
    Minha memória é como um Antônio,
    E estou esquecida.

ANTÔNIO

              A sua realeza
    Controla o ócio; senão, ver-te-ia
    Como o próprio ócio.

CLEÓPATRA

                Trabalho imenso
    Para quem, assim como Cleópatra,
    Traz tal ócio no peito. Mas, perdoa-me,
    Se as emoções me matam se não têm
    Os teus bons olhos. É a honra que te chama,
    Fica surdo e impiedoso a esta tola,
    E vá com os deuses! Sobre a tua espada
    Pousem louros, e que muitos sucessos
    Rolem sob os teus pés.

ANTÔNIO

              É hora. Vem.
    Ao separar-nos somos tão confusos
    Que mesmo ficando aqui irá comigo;
    E eu, fugindo, fico aqui contigo.
    Vamos!

(*Saem.*)

Cena IV — Roma. Na casa de César.

(*Entram Otávio César, lendo uma carta, Lépido, e seus Séquitos.*)

CÉSAR
Vê, Lépido, e sabe, agora e sempre,
Que em César não é vício inato o ódio
A seu grande rival. De Alexandria
Vêm novas que ele pesca, bebe e queima
A luz da noite em festa. É menos homem
Do que a rainha; e nem é Cleópatra
Mais mulher do que ele. Mal atende,
Nem admite parceiros. Nele veem
O homem que encerra em si todos os erros
Que segue o homem.

LÉPIDO
Não creio que existam
Males capazes de encobrir-lhe o bem.
Seus erros são quais máculas nos céus
Que brilham contra o escuro; hereditários,
Não criados; produtos do imutável,
Não da escolha.

CÉSAR
És indulgente. Admitamos não seja
Erro usar o leito de Ptolomeu,
Dar reinos só por graça, e se sentar
Para beber à vontade com um escravo,
Cambalear na rua, trocar socos
Com canalhas suarentos. Vá lá isso —
E é caráter bem raro, de fato,

Quem fica limpo assim — porém Antônio
Não foge da vergonha quando nós
É que aguentamos tal futilidade.
Se se entrega aos prazeres e à luxúria,
Indigestões e securas nos ossos
São seu preço. Mas desperdiçar tempo
Que tão alto o convoca pra enfrentar
Problemas de nós todos, tem de ser
Repreendido como ao rapazola
Que sabendo o dever corre ao prazer
E contesta o que é certo.

(*Entra um Mensageiro.*)

LÉPIDO

                          Aí vêm novas.

MENSAGEIRO

Foi feito o que ordenou. E de hora em hora,
Nobre César, receberá relatos
Do que aconteceu. Pompeu, forte no mar,
Parece ser amado por aqueles
Que a César só temem. Descontentes
Correm aos portos, e a voz do povo
O faz injustiçado.

(*Sai.*)

CÉSAR

                    É o que esperava.
Desde os primórdios nos ensina o tempo
Que quem é foi desejado até ser;
O que cai, nunca amado no poder,
Fica caro na ausência. E o povo em massa,
Como bandeira vagabunda ao vento,
Vai e volta, lacaio da maré,
Até apodrecer.

(*Entra um outro Mensageiro.*)

MENSAGEIRO

César, lhe informo
Que Menecrates e Menas, os piratas,
Mandam no mar que cortam e exploram
Com quilhas várias. E entram por caminhos
Em toda a Itália — as defesas da costa
Têm medo — e os jovens juntam-se à revolta.
Nave que sai do porto logo é vista
E dominada. O nome de Pompeu
É pior que uma guerra.

(*Sai.*)

CÉSAR

                    Marco Antônio,
Larga tuas farras! Quando foste outrora
Vencido em Modena, onde mataste
Hirtius e Pansa, seguiu teus passos
A fome, contra a qual lutaste

Em vida estranha à tua, com paciência
Maior que a dos selvagens. Tu bebias
Água de poça, urina de cavalo,
Que engasgavam bestas. E até comias
Frutos grosseiros de sebes sem trato.
Qual cervo em pastos cobertos de neve,
Tu provaste até troncos. E nos Alpes
Relatam que comias carne estranha
Que mata quem a olha. E tudo isso —
Fere tua honra mencioná-lo agora —
Com tal firmeza militar que o rosto
Sequer emagreceu.

LÉPIDO

É uma pena.

CÉSAR

Que a vergonha em que vive
O traga logo a Roma. Já é tempo
Que nós dois nos mostremos no campo;
Reunindo o conselho. Pois Pompeu
Lucra com a nossa inércia.

LÉPIDO

Amanhã, César,
Poderei informar com precisão
Com o que posso contar, em mar e terra,
Para um confronto agora.

CÉSAR

E esse confronto
É meu também. Adeus.

LÉPIDO

    Adeus, senhor. Do que ouvires dizer
    Do que acontece, eu te peço não deixes
    De me informar.

CÉSAR

                    Não duvide, senhor.
    É o meu dever.

(*Saem, separados.*)

CENA V — ALEXANDRIA. O PALÁCIO DE CLEÓPATRA.

(*Entram Cleópatra, Charmiana, Iras e Mardian.*)

CLEÓPATRA
    Charmiana!

CHARMIANA
    Senhora?

CLEÓPATRA
    (*Bocejando.*)
    Ha, ha!
    Quero mandrágora.

CHARMIANA
                    Por quê, senhora?

CLEÓPATRA
    Pra que eu possa dormir o imenso tempo
    Da ausência de Antônio.

CHARMIANA
    Pensa demais nele.

CLEÓPATRA
    Isso é traição!
CHARMIANA
        Senhora, não o creio.
CLEÓPATRA
    Tu, eunuco Mardian!
MARDIAN
        O que deseja?
CLEÓPATRA
    Não ouvi-lo cantar. Não há prazer
    No que um eunuco tem. Convém-lhe bem,
    Sendo castrado, que seus pensamentos
    Fiquem no Egito. Não sentes afeições?
MARDIAN
    Sinto, graciosa ama.
CLEÓPATRA
    De fato?
MARDIAN
    Não de fato, senhora; não consigo
    Fazer senão o que é de fato honesto.
    Mas sinto afeições fortes, e imagino
    O que Vênus fez com Marte.
CLEÓPATRA
        Ah, Charmiana,
    O que achas que ele está fazendo agora?
    Anda, senta, estará em seu cavalo?
    Feliz cavalo, que sente o seu peso!
    Vibra, cavalo; sabes a quem moves?
    O semi-Atlas do mundo, a armadura
    E a arma dos homens. E eis que fala:
    "Minha serpente do Nilo, onde estás?"

Pois ele assim me chama. Eu hoje vivo
Do mais doce veneno. Pensa em mim
Toda marcada pelo amor de Febo
E com rugas do tempo. Quando César
Pisava ainda a terra, eu fui petisco
Para um monarca. E Pompeu, o Grande,
Ficava com o olhar em minha fronte
Como ancorado, e morreu refletindo sobre
Por que vivia.

(*Entra Alexas, vindo de Antônio.*)

ALEXAS
Salve, soberana!
CLEÓPATRA
Em nada te assemelhas a Marco Antônio!
Mas vindo dele, a cura universal
Cobriu-te de dourado!
Como vai o meu bravo Marco Antônio?
ALEXAS
Em seu gesto final, rainha amada,
Ele beijou — depois de muitos beijos —
Esta pérola. E eu guardo suas palavras.
CLEÓPATRA
As quer o meu ouvido.
ALEXAS
"Amigo", disse,
"Diz que o romano ao grande Egito manda
O tesouro de uma ostra; e a seus pés,
Pra compensar presente tão mesquinho,
Cubro-lhe o trono com reinos. Do Leste

Todo ela será senhora!" Acenou,
E sóbrio montou o seu corcel armado,
Cujo relincho, quando eu quis falar,
Me calou de tão forte.

CLEÓPATRA

Alegre ou triste?

ALEXAS

Como o tempo que não é frio ou quente,
Não 'stava ele triste e nem alegre.

CLEÓPATRA

Que divisão equânime! Repara,
Repara, Charmiana, como é ele!
Nem triste, pra mostrar seu brilho àqueles
Que vivem só de olhá-lo, e nem alegre,
Pra dizer-lhes que traz no pensamento
A alegria do Egito; entre um e outro.
Mistura celestial! Alegre ou triste
A violência de um e outro vai-lhe
Melhor que a qualquer outro. E meus correios?

ALEXAS

Eu me encontrei, senhora, com uns vinte.
Por que envia tantos?

CLEÓPATRA

               O que nascer
Em dia em que eu não mande um a Antônio
Morre pobre. Quero papel e tinta.
Bem-vindo, Alexas. Será, Charmiana,
Que amei tanto a César?

CHARMIANA

               Grande César!

CLEÓPATRA
>Que tu te engasgues com esse entusiasmo;
>Diz antes grande Antônio.

CHARMIANA
>>Bravo César!

CLEÓPATRA
>Por Ísis, eu te tiro sangue com os dentes
>Se uma outra vez tu comparas a César
>Meu homem entre os homens.

CHARMIANA
>>Me perdoe,
>Eu imito o seu canto.

CLEÓPATRA
>>Ainda jovem,
>Verde de julgamento, frio o sangue,
>Disse eu tais coisas. Mas agora, vamos,
>Quero tinta e papel!
>Ele terá saudações todo dia,
>Ou acabo com a população do Egito.

(*Saem.*)

ATO II

CENA I — MESSINA. NA CASA DE POMPEU.

(*Entram Pompeu, Menecrates e Menas, com porte guerreiro.*)

POMPEU
    Os justos deuses hão de dar apoio
    Aos atos dos justos.

MENECRATES
               Creia, Pompeu,
    Que se a justiça tarda, ela não falha.

POMPEU
    Mas enquanto imploramos, se arruína
    O que pedimos.

MENECRATES
               Nós, sendo ignorantes,
    Pedimos nosso mal, que as forças sábias,
    Para nosso bem nos negam. Assim lucramos
    Ao perder nossas preces.

POMPEU
               Vou vencer.
    O povo me ama e o mar é meu;
    Aumenta a minha tropa, e tudo indica
    Que ficará completa. Marco Antônio
    Come banquete egípcio, e não sai
    Pra guerrear. César ganha em dinheiro
    O que perde em amor: bajula Lépido,
    Mas, bajulado, não ama um ou outro,

Que dele não gostam.

MENAS

César e Lépido
Estão em campo, e trazem grande força.

POMPEU

Como soubeste? É mentira.

MENAS

Por Silvius.

POMPEU

Estás sonhando. Eu sei que estão em Roma,
Buscando Antônio. Mas que o sal e o encanto
Do amor molhem o lábio de Cleópatra!
Que a magia, a beleza e a luxúria
Prendam o libertino em mar de festas,
Com o crânio embotado; e cozinheiros
Tornem-lhe mais agudo o apetite,
E pense só em sono e em comida
Até dormir no Letes...
(*Entra Varrius.*)

Como é, Varrius?

VARRIUS

Verdade certa é o que eu conto agora:
Antônio a qualquer hora é esperado
Em Roma. Desde que saiu do Egito
Já faz tempo...

POMPEU

Um assunto menor
Ouviria eu melhor. Não julguei, Menas,
Que esse amante devasso usasse o elmo
Pra guerra tão mesquinha. Nós devemos
Nos dar maior valor, se por agirmos

>   Salta do colo da viúva egípcia
>   O insaciável Antônio.
>
> MENAS
>
> >   Eu não creio
> >   Que entrem em acordo César e Antônio.
> >   Sua esposa falecida ofendeu César,
> >   Seu irmão o atacou, embora eu pense
> >   Não movido por Antônio.
>
> POMPEU
>
> >   Não sei, Menas,
> >   Se os unirá maior inimizade.
> >   Não fosse por nós sermos contra todos,
> >   Era provável que entre si lutassem,
> >   Pois ambos nutrem causas suficientes
> >   Pra tirar a espada. Mas como o temor
> >   A nós podem emendar essas discórdias,
> >   Todas elas mesquinhas, não sabemos.
> >   Os deuses mandam! Para vida ou morte,
> >   Temos de usar a nossa mão mais forte.
> >   Vamos, Menas.

(*Saem.*)

Cena II — Roma. Na casa de Lépido.

(*Entram Enobarbus e Lépido.*)

Lépido
>Bom Enobarbus; é um gesto nobre
>Que te cai bem levar teu capitão
>A falar com mais calma.

Enobarbus
>   Hei de pedir-lhe
>Pra responder. Se César o irrita,
>Que Antônio encare César bem do alto
>E brade como Marte. Pois por Júpiter,
>Se a barba que usa Antônio fosse minha,
>Não a cortava hoje.

Lépido
>   Não é hora
>Pra brigas pessoais.

Enobarbus
>   Toda hora é hora
>Pra se atender a assunto provocado.

Lépido
>Mas o mesquinho cede sempre ao grande.

Enobarbus
>Não se chega primeiro.

LÉPIDO

                    Isso é paixão:
      Mas não atices as brasas. E eis que chega
      O nobre Antônio.

      (*Entram Antônio e Ventidius.*)

ENOBARBUS

                    E César, logo além.

      (*Entram César, Mecenas e Agrippa.*)

ANTÔNIO

      Se concordarmos, vamos para Pártia:
      Salve, Ventidius.

CÉSAR

      Eu não sei, Mecenas; consulta Agrippa.

LÉPIDO

      Meus nobres amigos,
      É grande o que nos une, e não deixemos
      Ação menor cindir-nos. Desavenças
      Podem ter forma suave. Ao discutir
      Diferenças aos brados, nós matamos
      O que era pra curar. Meus nobres sócios,
      É por isso que imploro, e com fervor,
      Que em termos doces toquem os amargos,
      Sem agravar o assunto.

Antônio

                        Disse bem.
Diante da tropa, e na hora da luta,
É o que eu faria.

(*Tocam clarins, fora.*)

César

Bem-vindo a Roma.

Antônio

Obrigado.

César

Sente-se.

Antônio

Sente-se.

César

E então?

(*César senta-se e, depois, Antônio.*)

Antônio

Tomou por mal, eu soube, o que não o era:
Ou não o toca.

César

                Devo ser chacota,
Se por um nada ou por um pouco, eu dou-me
Por ofendido, e logo por você
No mundo inteiro; e ainda mais risível
Por não lhe ter respeito, se o citar
Seu nome não me toca?

ANTÔNIO
                    O que lhe importa,
César, estar eu no Egito?

CÉSAR

Não mais do que eu viver aqui em Roma
O afetará no Egito. Mas, se lá
Conspira contra mim, você no Egito
É questão minha.

ANTÔNIO
                Como, conspirar?

CÉSAR

Talvez entenda o que quero dizer
Pelo que houve aqui. Sua esposa e irmão
Me guerrearam, e o tema do levante
Era você, de você veio a guerra.

ANTÔNIO

Você confunde as coisas. Meu irmão
Jamais lutou por mim. Eu indaguei,
E minha informação vem, na verdade,
Dalguns que com ele combateram. Não fez ele
Mais para solapar-me a autoridade,
Lutando contra a minha inclinação,
Ferindo a mim como a você? Minhas cartas
O esclareceram. E se quer brigar,
E está em busca de assunto pra fazê-lo,
Não há de ser por isso.

CÉSAR
                Não se louve
Fazendo parecer que eu julgo mal;
São desculpas de trapos.

ANTÔNIO
                    Nada disso;
É impossível que não tenha tido
O pensamento lógico que eu,
Seu parceiro na causa contra a qual
Ele lutou, não poderia ver
Com bons olhos tal guerra que feria
A minha paz. E quanto à minha esposa,
Quisera um'outra fosse assim tão brava;
Do mundo um terço é seu, e com mão leve
O pode montar; mas não tal esposa.

ENOBARBUS
Quem dera a todos nós esposas tais, para que os homens pudessem ir à guerra com mulheres!

ANTÔNIO
O gênio dela, incontrolável, César,
Feito de impaciência — à qual juntava
Esperteza política — eu confesso
Lhe trouxe inquietações. Quanto a elas, saiba
Que nada pude eu fazer.

CÉSAR
                    Eu lhe escrevi,
Mas em Alexandria, em suas farras,
Guardou-me as cartas e, com ameaças,
Negou resposta ao meu correio.

ANTÔNIO

         César,
Mas ele entrou sem que fosse admitido.
Eu festejara três reis e nem sabia
Quem era, de manhã. No outro dia
A ele expliquei tudo, que era o mesmo
Que pedir-lhe desculpas. Tal sujeito
É nada em nossa luta; em nossa rixa
Ele não conta.

CÉSAR

      Você infringiu
Artigos que jurou, coisa que nunca
De mim pode dizer.

LÉPIDO

  Com calma, César!

ANTÔNIO

  Não, Lépido; é melhor que ele fale;
Ora ele fala de honra sagrada,
E me supõe em falta. Vamos, César,
O artigo que jurei.

CÉSAR

  De me dar armas quando precisasse,
E as negou.

ANTÓNIO
>Fui antes negligente;
>E só quando o veneno me afastou
>De meus sentidos. Serei penitente
>Na medida do possível. Mas não posso,
>Por ser honesto, perder a grandeza,
>Nem ter poder sem ela. Na verdade,
>Fúlvia fez guerras pr'eu deixar o Egito,
>Pelo que eu, o ignorante motivo,
>Peço perdão na medida em que a honra
>Me permite em tal caso.

LÉPIDO
>Falou bem.

MECENAS
>Eu peço por favor que não agravem
>As queixas mútuas; melhor é esquecê-las
>E antes lembrar que o que é preciso hoje
>É atenuá-las.

LÉPIDO
>Isso, Mecenas!

ENOBARBUS
>Se no momento se emprestarem um ao outro o seu amor, quando não ouvirem mais falar de Pompeu poderão devolvê-lo. Terão bastante tempo para disputas quando não tiverem mais o que fazer.

ANTÓNIO
>Tu és só soldado; agora, chega.

ENOBARBUS
>Esqueci que se cala o que é verdade.

ANTÓNIO
>Não diga mais; ofende esta presença.

ENOBARBUS

    Peguem-se então! Consideram-se de pedra.

CÉSAR

    Não me ofende o que diz, mas como o diz;
    Pois não podemos ficar sempre amigos
    Já que são, os nossos temperamentos,
    Na ação tão diferentes. Mas se um elo
    Nos pudesse manter firmes e juntos,
    Eu iria buscá-lo.

AGRIPPA

    Com licença.

CÉSAR

    Fala, Agrippa.

AGRIPPA

    Tens uma irmã pelo lado materno,
    A nobre Otávia. O grande Marco Antônio
    Hoje é viúvo.

CÉSAR

    Nem o penses, Agrippa.
    Se Cleópatra o ouvisse serias
    Repreendido pelo teu abuso.

ANTÔNIO

    Não sou casado, César. Quero ouvir
    O que mais diz Agrippa.

AGRIPPA

    Pra mantê-los unidos para sempre,
    Vê-los irmãos, e os corações ligar-lhes
    Com nó eterno, que Antônio tome
    Otávia por esposa; tal beleza
    Tem de casar-se com o melhor dos homens,
    Cuja virtude e graças todas clamam

O que não expressamos. Com tal boda
O ciúme mesquinho, hoje aumentado,
Como os grandes temores e perigos,
Seriam nada. As verdades, boatos,
Quando hoje sussurros são verdades.
Amando a ambos, mútuo amor em ambos
Com ela nasceria. Me perdoem,
Mas a ideia é estudada, não de agora,
Nascida do dever.

ANTÔNIO

                O que diz César?

CÉSAR

Nada antes de saber se o que foi dito
Tocou Antônio.

ANTÔNIO

Agrippa tem poder?
Se eu dissesse "Assim seja, Agrippa",
Pode cumpri-lo?

CÉSAR

                O poder de César,
E o deste sobre Otávia.

ANTÔNIO

                    Pois que eu nunca
A tal bom intento, e dito assim tão bem,
Traga empecilhos! Que essa sua mão
Promova tal bênção. Doravante,
Peitos de irmãos dominem nosso amor,
E guiem nossas metas!

CÉSAR

                    Eis minha mão!
(Apertam as mãos.)
Dou-lhe uma irmã à qual irmão algum
Jamais amou tanto. Pois que ela viva
Pra juntar nossos reinos e afeições,
E nunca sofra o nosso amor!

LÉPIDO

                    Amém!

ANTÔNIO

Não pensei cruzar armas com Pompeu,
Pois fez-me há pouco grandes e estranhas
Cortesias. Preciso agradecer-lhe,
Para não ter má fama o meu bom nome,
E, após, desafiá-lo.

LÉPIDO

                O tempo urge;
Temos de buscar Pompeu de imediato,
Antes que nos busque ele.

ANTÔNIO

Onde acampa?

CÉSAR

Junto ao Monte Misena.

ANTÔNIO

Com que força?

CÉSAR

Em terra é grande e cresce: mas no mar
É senhor absoluto.

ANTÓNIO

     A fama é essa.
Devíamos já ter lutado. Há pressa,
Porém antes das armas, resolvamos
O negócio tratado.

CÉSAR

      Com alegria,
Convido-o a visitar minha irmã,
Aonde o levo agora.

ANTÓNIO

Vamos, Lépido,
Não nos falte agora.

LÉPIDO

Nobre Antônio, nem doença me deteria.

(*Clarinada. Saem todos, menos Enobarbus, Agrippa e Mecenas.*)

MECENAS

Bem-vindo do Egito, senhor.

ENOBARBUS

Meio coração de César, valoroso Mecenas! Meu honrado amigo Agrippa!

AGRIPPA

Bom Enobarbus!

MECENAS

Temos razão para regozijo, tudo tendo sido tão bem-resolvido. O Egito parece ter-lhe feito muito bem!

ENOBARBUS

Fizemos o dia ficar desconcertado, só dormindo; mas a noite iluminada clareávamos com bebida.

MECENAS
> Oito javalis inteiros assados de manhã, e só para doze pessoas. É verdade?

ENOBARBUS
> Isso é uma mosca comparada a uma águia. Nossos banquetes eram muito mais monstruosos, com todos, sempre, merecendo ser notados.

MECENAS
> Ela é uma mulher mais que triunfal, se o que dizem a seu respeito for verdade.

ENOBARBUS
> Ao conhecer Antônio, ela lhe conquistou o coração, no rio de Cydnus.

AGRIPPA
> Aquilo é que foi uma aparição! Ou então o meu informante inventou grandes coisas a seu favor.

ENOBARBUS
> Eu vou contar-lhes.
> A barca em que sentava, trono ardente,
> Queimava as águas; era de ouro a popa;
> As velas púrpura e tão perfumadas
> Que estavam tontos de paixão os ventos;
> Eram de prata os remos bem-ritmados
> Que, ao som das flautas, faziam as águas
> Em que batiam correr mais depressa,
> Como se amando os golpes. Quanto a ela,
> Nenhum retrato a iguala: recostada
> Em seu dossel — brocado todo de ouro —
> Era mais bela do que a própria Vênus
> Que, em sonhos, deixa pobre a natureza.
> A seu lado, meninos quais cupidos,

Sorriam, tendo abanos multicores,
Com cujo vento abrasava o que arejavam,
Refazendo o desfeito.

AGRIPPA

                    Bom pr'Antônio!

EROS

Suas aias e damas, quais Nereidas,
Eram sereias que velavam sempre,
Cada gesto um adorno. Guia o leme
Sereia linda. E o velame de seda
Incha-se ao toque dessas mãos em flor
Que rápidas trabalham. Da galera,
Perfume estranho e invisível cobre
As margens circundantes. A cidade
Manda seu povo pra vê-la; e Antônio,
Só, no mercado, fica assobiando
Para o ar que, não fora pelo vácuo,
Iria vê-la também.

AGRIPPA

                  Rara egípcia!

ENOBARBUS

Tendo chegado, enviou-lhe Antônio
Convite pra cear ela. Respondeu:
Melhor seria fosse ele o hóspede,
Como implorava. E o cortês Antônio,
De quem mulher alguma escutou "não",
Muito bem-barbeado vai à festa;
E é com seu coração que paga a ceia
Que só come com os olhos.

AGRIPPA

                       Que rainha!
Fez César aposentar a sua espada pela cama:
Ele a plantou, e ela deu fruto.

ENOBARBUS

                        Um dia
Eu a vi num pé só cruzar a rua,
E por falar sem fôlego, e arfando,
Transformou o defeito em perfeição,
E até sem ar ela expirava força.

MECENAS

E agora Antônio tem de abandoná-la.

ENOBARBUS

Nunca! Não pode.
O tempo não a seca, e nem gastam-se
Com o uso seus encantos. Outras cansam
O apetite que nutrem, porém ela
Afaima o satisfeito. O que há de vil
Cai-lhe tão bem que até os sacerdotes
A abençoam quando é mais devassa.

MECENAS

Se beleza e modéstia sossegarem
O coração de Antônio, Otávia pode
Ser sorte abençoada.

AGRIPPA

                 Agora, vamos.
Bom Enobarbus, como convidado
Fique comigo em Roma.

ENOBARBUS
                    Eu lhe agradeço.

(*Saem.*)

Cena III — Roma. A casa de César.

(*Entram Antônio, César e Otávia, entre os dois.*)

ANTÔNIO
O mundo e meu ofício; vez por outra,
Nos irão separar.

OTÁVIA
                    E em tais momentos,
Hei de orar, de joelhos, ante os deuses,
Por si.

ANTÔNIO
Boa noite, senhor. Minha Otávia,
Não encare os meus erros como o mundo.
Se não andei na reta, o que há de vir
Há de seguir as leis. Boa noite, cara.

OTÁVIA
Boa noite, senhor.

CÉSAR
Boa noite.

(*Saem César e Otávia.*)
(*Entra o Vidente.*)

ANTÔNIO

    Então, moleque! Queres voltar pro Egito?

VIDENTE

    Lá devia ter ficado; e o senhor
    Lá não ido.

ANTÔNIO

    E por quê?

VIDENTE

    É o que eu vejo
    Na intuição, não na fala. Mas deve
    Correr já pro Egito.

ANTÔNIO

        Diz-me aqui:
    Quem tem fado mais alto, eu ou César?

VIDENTE

    É César.
    Portanto, Antônio, não fique a seu lado.
    O espírito — demônio — que o protege
    É nobre, bravo, alto, inigualável,
    E o de César não. Mas perto dele,
    Seu anjo treme, dominado; e assim sendo
    Fique afastado dele.

ANTÔNIO

          Nunca repitas isso.

VIDENTE
        Só a si. Nunca mais senão a si.
        Quando jogar com ele qualquer jogo,
        Perde na certa; ele vence com a sorte
        Qualquer vantagem. Seu lustro diminui
        Quando ele brilha. O seu demônio, insisto,
        Tem medo de guiá-lo perto dele;
        Porém, distante, é nobre.

ANTÔNIO
                      Vai-te embora:
        Diga a Ventidius que eu quero falar-lhe.
        (*Diz ao Vidente.*)
        Irá para a Pártia. Por acaso ou arte,
        Disse a verdade. Os dados o obedecem,
        E em todo esporte a minha forma perde
        Pra sorte dele. Ganha nos sorteios,
        E os seus galos vencem sempre os meus
        Contra o esperado; as suas aves todas
        Ganham na rinha. Eu irei pro Egito,
        Mesmo casando pra manter a paz
        Meu prazer está no Leste.
        (*Entra Ventidius.*)
                      Entre, Ventidius.
        Tens de ir pra Pártia, as ordens já 'stão prontas;
        Vem comigo buscá-las.

(*Saem.*)

Cena IV — Roma. Uma rua.

(*Entram Lépido, Mecenas e Agrippa.*)

LÉPIDO

    Deixem disso. E sigam logo, eu lhes peço,
    Seus generais.

AGRIPPA

              Marco Antônio, senhor,
    Tendo beijado Otávia, nós seguimos.

LÉPIDO

    Até vê-los nos trajes militares
    Que lhes vão bem, adeus.

MECENAS

                  Nós chegaremos,
    Pelo que sei da marcha, antes de si
    Ao Monte, Lépido.

LÉPIDO

              Vão por atalho,
    Meus objetivos pedem mais desvios;
    Me ganham por dois dias.

AMBOS

    Boa sorte!

LÉPIDO

    Adeus.

(*Saem.*)

Cena V — Alexandria. O palácio de Cleópatra.

(*Entram Cleópatra, Charmiana, Iras e Alexas.*)

CLEÓPATRA
Eu quero música com o clima certo
Pra quem vive do amor.

TODOS
Música! Vamos!

(*Entra o Eunuco Mardian.*)

CLEÓPATRA
Chega. Vamos pro bilhar. Vem, Charmiana.

CHARMIANA
Meu braço dói. Melhor jogar com Mardian.

CLEÓPATRA
Pra mulher, tanto faz brincar com eunuco
Quanto com outra. O senhor quer jogar?

MARDIAN
Farei o melhor que for capaz, senhora.

CLEÓPATRA
Quando fracassa, o de boa vontade
Já merece perdão. Não quero agora.
Dê-me o caniço; vamos lá pro rio,
Com a música ao longe. Hei de atrair
Peixes escuros. Meu anzol recurvo
Pode furar-lhes as bocas; e, ao puxá-los,
De cada um eu farei um Antônio,
E direi "Está preso!"

CHARMIANA
>   Era tão bom
> Quando faziam apostas na pesca;
> E o seu mergulhador prendia peixe seco
> No anzol de Antônio.

CLEÓPATRA
>   Ah, naquele tempo!
> De dia eu ria pra irritá-lo, e à noite
> Meu riso o acalmava; e de manhã
> Antes das nove já o embebedava,
> Pra usar na cama a minha coroa,
> E eu e a sua espada.
> (*Entra um Mensageiro.*)
>   Oh, da Itália!
> Choves tuas novas nestes meus ouvidos
> Há tanto tempo secos.

MENSAGEIRO
>   Ai, senhora!

CLEÓPATRA
> Antônio morto! Se falas assim, vilão,
> Mata tua ama; mas se o anuncias saudável,
> E livre, toma este ouro aqui e beija
> Minhas veias azuis; na mão que reis
> Roçando os lábios trêmulos beijaram.

MENSAGEIRO
> Primeiro, ele está bem.

CLEÓPATRA
>   Toma mais ouro.
> Porém, rapaz, outrora se dizia
> Estarem bem os mortos. Se for isso,
> Derreto o ouro que te dei e o derramo
> Por tua goela.

MENSAGEIRO

                  Senhora, escute.

CLEÓPATRA

          Eu te escuto. Fala;
          Mas não 'stá bom teu rosto, 'stando Antônio
          Livre e saudável. Tens ar muito amargo
          Pra dares boas novas! Se ele está mal,
          Devias parecer Fúria encimada
          Por cobras, não um homem.

MENSAGEIRO

                        Quer ouvir-me?

CLEÓPATRA

          'Stou pensando em bater-te antes que fales.
          Porém se dizes que Antônio vive, e bem,
          Que é amigo de César, não cativo,
          Hei de cobrir-te com chuva de ouro,
          E pérolas preciosas.

MENSAGEIRO

                  Ele está bem.

CLEÓPATRA

                            Que bom.

MENSAGEIRO

          É amigo de César.

CLEÓPATRA

                  Isso é honesto.

MENSAGEIRO

          Os dois são mais amigos do que nunca.

CLEÓPATRA

          E nem tu tão rico.

MENSAGEIRO

                Mas, senhora...

CLEÓPATRA
>Não gosto desse "mas", que não combina
>Com o precedente. Maldito seja o "mas"!
>"Mas" é como um carcereiro que escolta
>Malfeitor monstruoso. Meu amigo,
>Jorra no meu ouvido todas as novas,
>Juntas, boas e más. 'Stá bem com César,
>Diz que está saudável, que está livre.

MENSAGEIRO
>Livre não, senhora. Livre eu não disse.
>Está preso a Otávia.

CLEÓPATRA
>>Preso para quê?

MENSAGEIRO
>Pra ir pra cama.

CLEÓPATRA
>>Charmiana, 'stou pálida.

MENSAGEIRO
>Senhora, ele se casou com Otávia.

CLEÓPATRA
>Que a pior das pestes o infecte!

(*Bate nele.*)

MENSAGEIRO
>Paciência, senhora.

CLEÓPATRA

       O quê? Vai embora.
(*Torna a bater nele.*)
Vilão maldito, eu te arrebento os olhos
Como bolas! Arranco-te os cabelos!
(*Ela o sacode para um lado e para o outro.*)
Vou surrar-te com arame, escaldar-te em cal,
Fazer-te arder com sal.

MENSAGEIRO

       Boa senhora.
Só trago as novas. Eu não os casei.

CLEÓPATRA

Se o desmentir dou-te uma província,
E faço-te a fortuna: e a pancada
Que te dei paga a ira a que me levou,
E inda te dou um pontapé com os brindes
Que quiseres.

MENSAGEIRO

       Está casado, senhora.

CLEÓPATRA

Cão, já viveste demais!

(*Puxa uma faca.*)

MENSAGEIRO

       Então eu fujo.
Que quer, senhora? Não fiz nada errado.

(*Sai.*)

CHARMIANA
    Boa senhora, por favor, controle-se;
    O homem é inocente.
CLEÓPATRA
    Nem sempre escapa o inocente ao raio;
    Derreta o Egito no Nilo! O que é bom
    Vira serpente! Chama-o aqui de volta;
    Nem mesmo 'stando louca eu mordo. Chama-o!
CHARMIANA
    Está com medo.
CLEÓPATRA
    Não hei de feri-lo.
    (*Sai Charmiana.*)
    Faltou nobreza às mãos que assim bateram
    Em um inferior, pois fui eu mesma
    Quem a mim fez mal.
    (*Torna a entrar o Mensageiro.*)
    Mensageiro, vem aqui.
    Mesmo correto, a ninguém faz bem
    Trazer más novas. Empresta às que são boas
    Ricas linguagens, porém deixa as más
    Falarem por si.
MENSAGEIRO
    Só fiz meu dever.
CLEÓPATRA
    Ele está casado?
    Não posso odiá-lo mais do que já faço
    Se tu dizes "Está".
MENSAGEIRO
    Senhora, está casado.

CLEÓPATRA
>······Os deuses te confundem! Ainda insistes?

MENSAGEIRO
>Devo mentir?

CLEÓPATRA
>······Quem dera que o fizesses,
>Se meio Egito afundasse pra ser
>Cisterna de serpentes! Vai-te embora;
>Teu rosto, mesmo sendo o de Narciso,
>Pra mim seria horrendo. Está casado?

MENSAGEIRO
>Alteza, me perdoe.

CLEÓPATRA
>······Está casado?

MENSAGEIRO
>Não se ofenda pois não quero ofendê-la:
>Punir-me por fazer o que me manda
>Não é justo. Casou-se com Otávia.

CLEÓPATRA
>Os erros dele fazem-no um calhorda,
>Mesmo não sabendo do que fala. Vai embora,
>Toda a mercadoria que hoje trouxeste
>De Roma é cara demais para mim.
>Fique contigo e te destrua!

(*Sai o Mensageiro.*)

CHARMIANA
>······Paciência.

CLEÓPATRA
>Louvando Antônio eu ofendi a César.

CHARMIANA
        Muitas vezes, senhora.
CLEÓPATRA
                    Pago, claro.
Levem-me embora daqui. Eu desmaio.
Iras! Charmiana! Não importa.
Procura o homem, Alexas, e pede-lhe
Que te descreva Otávia: sua idade,
O seu modo de ser; e não se esqueçam
Da cor do cabelo. E tudo depressa.
(*Sai Alexas.*)
Que se vá pra sempre! Mas não — Charmiana,
Mesmo que em parte ele pareça a Górgona,
Por outra é Marte.
(*para Iras*)
Pede a Alexas
Também a altura. Piedade, Charmiana,
Mas não fala comigo. Pro meu quarto.

(*Saem.*)

CENA VI — PERTO DE MISENUM.

(*Clarinada. Entram, por uma porta, Pompeu e Menas, com tambores e cornetas; pela outra, César, Lépido, Antônio, Enobarbus, Mecenas e Agrippa, com soldados marchando.*)

Pompeu

    Eu tenho os seus reféns, vocês os meus;
    Falemos antes de lutar.

César

                  É certo
    Primeiro usar palavras e, portanto,
    Mandamos por escrito o que queremos,
    Esperando que, lido, nos informe
    Se assim se cala a espada da revolta,
    E volta pra Sicília a mocidade
    Que de outro modo morre.

Pompeu

                         A todos três,
    Sabedorias isoladas do grande mundo,
    Instrumentos dos deuses: eu não sei
    Por que meu pai precisa de vingança
    Tendo filho e amigos, já que César,
    Aparecendo a Brutus em Philippi,
    Lá os viu defendê-lo. O que foi
    Que fez Cássio conspirar? E o que
    Levou Brutus, de Roma o mais honrado,
    A encharcar o Senado se não foi
    Ver os homens só homens? Pois o mesmo
    Armou a minha esquadra, arcando a qual
    Espuma o mar irado, e com a qual
    Quero acabar co'a ingratidão que Roma
    Atirou em meu pai.

César

                    Pense mais tempo.

ANTÔNIO
>	Pompeu, não nos assustam suas velas.
>	Vamos falar no mar. Em terra, sabe
>	Em quanto o superamos.

POMPEU
>				Em terra, sim,
>	Você ficou com a casa de meu pai:
>	Mas como o cuco não constrói pra si,
>	Pode ficar por lá.

LÉPIDO
>				Por favor, diga-nos —
>	'Stou falando de agora — como aceitou
>	As ofertas mandadas.

CÉSAR
>				Esse é o ponto.

ANTÔNIO
>	Ao qual não deve ceder, mas pesar
>	O que vale a pena.

CÉSAR
>				E o que se segue
>	Quando se pede mais.

POMPEU
>				Você me ofereceu
>	A Sicília e a Sardenha, mas preciso
>	Acabar com os piratas e enviar
>	Bocados de trigo a Roma. Assim feito,
>	Partir co'a espada intacta e os escudos
>	Sem marcas.

CÉSAR, ANTÔNIO E LÉPIDO
>			É nossa oferta.

POMPEU

                    Pois saibam,
Que aqui cheguei já pronto e preparado
Para aceitá-la. Porém Marco Antônio
Me deixou irritado. Embora eu perca
Em mérito ao contá-lo, saibam todos
Que ao se enfrentarem César e seu mano,
Sua mãe foi pra Sicília, onde teve
Boa acolhida.

ANTÔNIO

             Sei disso, Pompeu,
E 'stou pronto a expressar a gratidão
Que a si eu devo.

POMPEU

              Dê-me a sua mão:
(*Dão-se as mãos.*)
Eu não imaginava encontrá-lo aqui.

ANTÔNIO

Você do leito macio do leste
Me trouxe antes do que eu esperava.
Lucrei vindo, e agradeço.

CÉSAR

                Desde a última
Vez que o vi mudou muito.

POMPEU

                Bem, não sei
O que a má fortuna fez-me ao rosto,
Mas em meu peito nunca ela há de entrar
Pr'avassalar-me o coração.

LÉPIDO

Bem-vindo!

POMPEU

    Assim espero, Lépido, se concordamos:
    Espero que o acordo seja escrito
    E selado entre nós.

CÉSAR

        É o que faremos.

POMPEU

    Vamos nos festejar a todos, e a sorte
    Vai dizer quem começa.

ANTÔNIO

        Eu, Pompeu.

POMPEU

    Não; é por sorte. Mas primeiro ou último
    Sua cozinha egípcia irá ganhar
    As honras. Soube até que Júlio César
    Lá engordou com festas.

ANTÔNIO

        Ouviu muito.

POMPEU

    De boas fontes.

ANTÔNIO

        E belas palavras.

POMPEU

    Pois ouvi muita coisa.
    Ouvi que Apolodorus carregou...

ENOBARBUS

    Agora chega! Ele o fez.

POMPEU

        Fez o quê?

ENOBARBUS

    Levou a César uma rainha envolta.

POMPEU
>	Eu o conheço. Como estás, soldado?

ENOBARBUS
>	Bem, melhor por eu já ter percebido
>	Que aí vêm quatro festas.

POMPEU
>	Dê-me a mão;
>	(*Dão-se as mãos.*)
>	Jamais o odiei. E em suas lutas
>	Já invejei-lhe o porte.

ENOBARBUS
>	Meu senhor,
>	Nunca gostei de si, mas muito o elogiei
>	Quando o seu mérito dez vezes mais valia
>	O que eu dizia.

POMPEU
>	Continue simples,
>	O que não lhe vai mal.
>	Convido a todos pra minha galera:
>	Vão na frente?

CÉSAR, ANTÓNIO E LÉPIDO
>	Mostre o caminho.

POMPEU
>	Vamos.

(*Saem todos, menos Menas e Enobarbus.*)

MENAS
>(*à parte*)
>Teu pai, Pompeu, jamais assinaria um tal tratado.
>(*para Enobarbus*)
>O senhor e eu já nos encontramos.

ENOBARBUS
>Eu creio que no mar.

MENAS
>Encontramos, senhor.

ENOBARBUS
>Os seus se deram bem no mar.

MENAS
>E os seus em terra.

ENOBARBUS
>Eu elogio qualquer homem que me elogie, embora não se possa negar o que fiz em terra.

MENAS
>Nem o que fiz eu no mar.

ENOBARBUS
>Sim, mas há algo que pode negar para sua própria segurança: tens sido um grande ladrão no mar.

MENAS
>Como o senhor em terra.

ENOBARBUS
>Nisso eu nego meu serviço em terra. Mas dê-me a sua mão, Menas! (*Apertam as mãos.*) Se nossos olhos tivessem autoridade para isso, apanhariam aqui dois ladrões se beijando.

MENAS
>Todo rosto de homem é verdadeiro, sejam o que forem as suas mãos.

ENOBARBUS

    Mas não há mulher bonita que tenha rosto verdadeiro.

MENAS

    Não é calúnia dizer que roubam corações.

ENOBARBUS

    Nós viemos aqui para combatê-los.

MENAS

    De minha parte, lamento que tudo tenha se tornado uma bebedeira. Pompeu hoje jogou fora, rindo, sua boa sorte.

ENOBARBUS

    E se o fez, não há choro que a recupere.

MENAS

    Disse bem, senhor. Não esperávamos que Marco Antônio estivesse aqui. Diga-me, ele está casado com Cleópatra?

ENOBARBUS

    A irmã de César se chama Otávia.

MENAS

    É verdade. Foi esposa de Caius Marcelus.

ENOBARBUS

    E agora é a esposa de Marco Antônio.

MENAS

    Não diga, senhor.

ENOBARBUS

    É verdade.

MENAS

    Então César e ele estão ligados para sempre.

ENOBARBUS
> Se fosse obrigado a prever o futuro dessa união, não faria tal profecia.

MENAS
> Creio que os objetivos políticos pesaram mais no casamento do que o amor entre as partes.

ENOBARBUS
> Penso assim também. Mas verá que a corda que parece amarrar tal ligação é que haverá de estrangular sua amizade. Otávia é de diálogo santo, frio e quieto.

MENAS
> E quem não gostaria de ter uma mulher assim?

ENOBARBUS
> Não aquele que não é assim ele mesmo; ou seja, Marco Antônio. Ele irá voltar para seu quitute egípcio novamente. E então os suspiros de Otávia vão atiçar o fogo de César, e como já disse, o que é a força que os une vai se mostrar a causa de sua separação. Antônio vai viver sua paixão onde ela está. Seu casamento aqui foi coisa de ocasião.

MENAS
> Pode ser que assim seja. Então, senhor, vamos a bordo? Lá lhe farei um brinde.

ENOBARBUS
> Que aceitarei, senhor. Nós treinamos bem nossas gargantas no Egito.

MENAS
> Então, vamos.

> (*Saem.*)

Cena VII — A bordo da galera de Pompeu, ao largo de Misenum.

(Músicos tocam. Entram dois ou três Criados com um banquete.)

1º Criado

Aí vêm eles, homem. Alguns com as plantas já meio soltas das raízes, prontos para cair com qualquer ventinho.

2º Criado

Lépido está coradíssimo.

1º Criado

Eles o fizeram beber todos os restos.

2º Criado

Quando um começava a implicar com o outro, ele gritava "Chega!", reconciliando um com o outro, e ele mesmo com a bebida.

1º Criado

O que aumenta a guerra entre ele e sua discrição.

2º Criado

É nisso que dá ser incluído na companhia dos grandes homens. Eu prefiro ter um caniço que me sirva do que uma espada que eu não aguente.

1º Criado

Ser convocado para as altas esferas e não ser visto a mover-se nelas é ficar como os buracos onde deveriam estar os olhos, um triste desastre para as faces.

(Um toque de clarins. Entram César, Antônio, Pompeu, Lépido, Agrippa, Mecenas, Enobarbus, Menas, com outros Capitães e um menino cantor.)

ANTÔNIO

(para César)
É assim: medindo o fluxo do Nilo,
Por marcas nas pirâmides descobrem —
Por cheia, baixa e média — se vem falta
Ou fartura a seguir. Mais sobe o Nilo,
Melhor. Quando ele baixa, o agricultor
Joga seus grãos por todo o limo e lama,
E logo viram colheita.

LÉPIDO

Há serpentes estranhas por lá?

ANTÔNIO

Há, Lépido.

LÉPIDO

Sua serpente egípcia então é cria da sua lama, por graça do seu sol: e seu crocodilo também.

ANTÔNIO

Isso mesmo.

POMPEU

Sentem-se — e vinho! À saúde de Lépido!

(*Sentam-se e bebem.*)

LÉPIDO

Eu não estou tão bem quanto deveria. Mas não saio do que combino.

ENOBARBUS

(*à parte*)
Enquanto não adormecer; temo que até então caia.

LÉPIDO

E com certeza, ouvi dizer que as pirâmides dos Ptolomeus são coisa muito boa; isso eu ouvi e sem contradição.

MENAS

(*à parte, para Pompeu*)
Pompeu, uma palavra.

POMPEU

(*à parte, para Menas*)
O que é? Fale.

MENAS

(*à parte, para Pompeu*)
Deixe seu posto, eu peço, capitão,
E ouça-me uma palavra.

POMPEU

(*à parte, para Menas*)
Espera um instante. — Este vinho é para Lépido!

LÉPIDO

Que espécie de coisa é o seu crocodilo?

ANTÔNIO

Ele tem a forma, senhor, dele mesmo, e é tão largo quanto sua largura. É tão alto quanto ele mesmo, e se move com seus próprios órgãos. Ele vive do que o alimenta, e assim que os elementos saem dele, transmigra.

LÉPIDO

E de que cor é?

ANTÔNIO

De sua própria cor, também.

LÉPIDO

É uma serpente estranha.

ANTÔNIO

    É mesmo, e são molhadas suas lágrimas.

CÉSAR

    Será que tal descrição irá satisfazê-lo?

ANTÔNIO

    Antes os brindes de Pompeu; senão, tornou-se um epicurista.

POMPEU

    (*à parte, para Menas*)
    Não me amoles! Dizer o quê? Vai embora!
    Fazes o que eu disse. E o vinho que eu pedi?

MENAS

    (*à parte, para Pompeu*)
    Se achar que eu mereço que me ouça,
    Levante-se agora.

POMPEU

    (*à parte, para Menas*)
              Estás louco? O que há?

(*Levanta-se e caminha para um lado, com Menas.*)

MENAS

    Sempre fui seguidor de sua fortuna.

POMPEU

    Sempre me foste fiel. O que mais a dizer?
    Todos alegres!

ANTÔNIO

              Cuidado, Lépido,
    Não afundes em areias movediças.

MENAS

    Quer ser senhor do mundo inteiro?

POMPEU

         O que dizes?

MENAS

       Quer ser senhor do mundo?
Eu repito.

POMPEU

        Como assim?

MENAS

     Pense nisso,
E se me julga pobre, sou o homem
Que pode dar-lhe o mundo.

POMPEU

         Bebeste tanto?

MENAS

Não, Pompeu; eu nem toquei num copo.
Se quiser, pode ser o Zeus terreno:
O que abraça o oceano, ou cobre o céu,
É seu, se o desejar.

POMPEU

        Mostra-me como.

MENAS

Os três sócios do mundo, esses rivais,
Estão a bordo. É só cortar as amarras,
E, quando ao mar, eu cortar-lhes suas goelas:
Tudo será seu.

POMPEU

       Deveria o tê-lo feito
Sem dizer nada! Em mim é vilania;
Em ti é servir bem. Pois sabes
Que não é o lucro que me guia a honra,
Mas ela a ele. Lamenta que a língua

Te haja traído o gesto. Sem sabê-lo,
Eu o diria mais tarde bem feito,
Mas ora o condeno. Desiste e bebe.

(*Volta para onde estava.*)

MENAS

(*à parte*)
Só por isso
Não sigo mais o ocaso da sua sorte.
Quem busca mas não toma o oferecido
Não o acha mais.

POMPEU

Sua saúde, Lépido!

ANTÔNIO

Levem-no à terra. Eu bebo por ele!

ENOBARBUS

À sua, Menas!

MENAS

Bem-vindo, Enobarbus!

POMPEU

Enche o copo até a borda!

ENOBARBUS

Aquilo é que é ser forte, Menas.

(*Apontando para o Servo que carrega Lépido para fora.*)

MENAS

Por quê?

ENOBARBUS
>	Carrega todo um terço do mundo, homem. Não estás vendo?

MENAS
>	Um terço bêbado. Se estivessem todos,
>	As coisas iam correr mesmo!

ENOBARBUS
>	Beba aí; vai girar melhor.

MENAS
>	Vamos!

ENOBARBUS
>	Ainda não é uma festa alexandrina.

ANTÔNIO
>	Mas chega lá. Estourem mais barris!
>	Salve, César!

CÉSAR
>	Prefiro evitar essa.
>	É trabalho sujo lavar o cérebro
>	Para deixá-lo imundo.

ANTÔNIO
>	Obedeça aos tempos.

CÉSAR
>	De posse deles, digo:
>	Prefiro jejuar por quatro dias
>	A beber tanto em um.

ENOBARBUS
>	(*para Antônio*)
>	Imperador,
>	Vamos dançar a Bacanal Egípcia
>	E celebrar o vinho?

POMPEU
>Isso, soldado!

ANTÔNIO
>Vamos dar as mãos,
>Até o vinho calar os sentidos
>Em Lete suave e delicado.

ENOBARBUS
>As mãos!
>Que nos ataque os ouvidos a música:
>Eu os arrumo, e o menino canta.
>E todos fazem o estribilho
>O mais forte que puderem.

(*A música toca. Enobarbus liga as mãos de todos.*)

A CANÇÃO

MENINO

>*Vem, monarca do vinhedo,*
>*Baco gordo e de olho azedo!*
>*Tuas banhas vão me afogar,*
>*Tuas uvas me coroar.*
>*Com os copos o mundo gira,*

TODOS

>*Com os copos o mundo gira!*

CÉSAR

Ainda querem mais? Pompeu, boa noite.
Meu bom irmão,
Peço que pare; pois negócios sérios
Veem mal tais tolices. Senhores, vamos;
'Stão vendo que coramos. Enobarbus
É mais fraco que o vinho, e a minha língua
Fala aos tropeços; e tanto desmando
É loucura. Pra que falar? Boa noite.
Bom Antônio, sua mão.

POMPEU

                              Os levo à praia.

ANTÔNIO

Por certo; e dê-me a mão.

POMPEU

Ah, Antônio,
'Stá na casa de meu pai. Somos amigos!
Desça ao bote.

ENOBARBUS

Atenção, não vá cair.
(*Saem todos, menos Enobarbus e Menas.*)
                          Não vou à terra.

MENAS

Ao meu camarote!
Tantos tambores, trompas, flautas, ai!
Que ouça Netuno o adeus que aqui nós damos
A esses grandes. Toquem logo e danem-se!
Toquem logo!

(*Soam clarins e tambores.*)

ENOBARBUS
>Fora, eu digo. Eis meu gorro.
MENAS
>Fora! Venha, nobre capitão.

>(*Saem.*)

ATO III

Cena I — Uma planície na Síria.

>(*Entra Ventidius, como se em triunfo, com Silius e outros romanos, Oficiais e Soldados; o corpo de Pacorus, morto, é carregado à frente deles.*)

VENTIDIUS
>Ora foste ferida, veloz Pártia,
>E a fortuna de mim faz vingador
>De Marcus Crassus. Que o corpo do príncipe
>Preceda a tropa. O teu Pacorus, Orodes,
>É a paga de Crassus.
SILIUS
>   Nobre Ventidius,
>Co'a espada ainda quente com esse sangue
>Vamos seguir os pártios fugitivos.
>Por vãos da Média e da Mesopotâmia
>Onde se escondem. Há de então Antônio,
>Teu capitão, em carro triunfal,
>Coroar-te a fronte.

VENTIDIUS

                Silius, Silius,
Fiz o bastante. A patente menor
Pode fazer demais. Pois saiba, Silius:
É melhor não fazer do que, fazendo,
Ter muita fama 'stando ausente o chefe.
César e Antônio triunfaram sempre
Mais por oficiais do que em pessoa.
Sossius, o meu antecessor na Síria,
Só por acumular tanto renome
De hora em hora, perdeu seu favor.
Quem faz na guerra mais que o capitão,
Vira capitão deste: e a ambição,
Virtude do soldado, antes prefere
A perda ao ganho que faz sombra a ele.
Podia fazer mais pro bem de Antônio,
Mas iria ofendê-lo. E em tal ofensa
Morreriam meus atos.

SILIUS

Tens, Ventidius,
O que sem isso soldado e espada
Não se distinguem. Escreves a Antônio?

VENTIDIUS

Humilde eu lhe direi o que, em seu nome,
Termo mágico da guerra, fizemos;
Como com suas bandeiras e suas tropas
Bem-pagas, a cavalaria da Pártia
Expulsamos do campo.

SILIUS

                    Onde está ele?

VENTIDIUS
>Vai para Atenas, onde, com a pressa
>Que o peso que levamos permitir,
>Nos apresentaremos. Aí, vamos!

(Saem.)

Cena II — Roma. Uma antecâmara na casa de César.

(Entra Agrippa por uma porta, Enobarbus entra por outra.)

AGRIPPA
>O quê, separaram-se os irmãos?

ENOBARBUS
>Despacharam com Pompeu, que saiu,
>E os três estão selando. Otávia chora
>Por deixar Roma; César está triste,
>Lépido desde a festa 'stá sofrendo
>De mal de amor.

AGRIPPA
>>É muito nobre Lépido.

ENOBARBUS
>E muito lépido. Como ama a César!

AGRIPPA
>Não, como ama e adora Marco Antônio!

ENOBARBUS
>César? Ora, é o Júpiter dos homens.

AGRIPPA
>E o que é Antônio? O deus de Júpiter.

ENOBARBUS
>	Falou de César? Como, do ímpar?

AGRIPPA
>	Oh, Antônio! Oh, ave árabe!

ENOBARBUS
>	Pra louvar César basta dizer "César".

AGRIPPA
>	A ambos fez notáveis elogios.

ENOBARBUS
>	Mais ama a César, porém ama Antônio.
>	Língua nem coração, bardo ou poeta
>	Sabem falar, dizer, cantar ou escrever
>	Seu amor a Antônio. Mas a César,
>	Adora de joelhos.

AGRIPPA
>	 Ama os dois.

ENOBARBUS
>	São suas asas; ele o seu besouro:
>	(*Soam trompas, fora.*)
>	Devo montar. Adeus, meu nobre Agrippa.

AGRIPPA
>	Bravo soldado, boa sorte e adeus.

(*Entram César, Antônio, Lépido e Otávia.*)

ANTÔNIO
>	Chega, senhor.

CÉSAR
> Leva consigo boa parte de mim;
> Trate-me, pois, bem. Mana, seja a esposa
> Que eu penso que seja, pois estou
> Em jogo em seu sucesso. Nobre Antônio,
> Não deixe que a virtude que hoje é posta
> Entre nós pra cimentar nosso amor,
> E o manter firme, torne-se aríete
> Para atacar seus muros; pois seria
> Melhor amar-nos sem ela do que a ambos
> Não ser ela querida.

ANTÔNIO
> Não me ofenda
> Com tal suspeita.

CÉSAR
> Falei.

ANTÔNIO
> Não terá,
> Mesmo que a busque, qualquer causa mínima
> Pr'o que teme. Que os deuses o protejam
> E que os corações de Roma sempre o ajudem!
> Aqui nos separamos.

CÉSAR
> Adeus, querida irmã, e que vá bem.
> Que os elementos lhes sejam gentis
> Proporcionando todo o conforto! Adeus.

OTÁVIA
> Meu nobre irmão!

(*Chora.*)

ANTÔNIO
> 'Stá em seus olhos o abril do amor,
> E essa é a sua chuva. Fique alegre.

OTÁVIA
> Zele pela casa de Antônio, e...

CÉSAR
> O quê, Otávia?

OTÁVIA
> Digo em seu ouvido.

(*Sussurrando para César.*)

ANTÔNIO
> A língua não obedece ao coração, nem
> Seu coração à língua — pois, qual pluma
> Pousada sobre a cheia da maré,
> Não sabe pr'onde pende.

ENOBARBUS
> (*à parte, para Agrippa*)
> César chora?

AGRIPPA
> (*à parte, para Enobarbus*)
> Seu rosto está nublado.

ENOBARBUS
> (*à parte, para Agrippa*)
> Se sem estrelas piora o cavalo,
> Ele o faz como homem.

AGRIPPA
>	(*à parte, para Enobarbus*)
>	Mas por quê?
>	Quando Antônio viu Júlio César morto,
>	Soluçou quase aos gritos; e chorou
>	Quando em Philippi encontrou Brutus morto.

ENOBARBUS
>	(*à parte, para Agrippa*)
>	Estava então bastante encatarrado;
>	Chorava pelo que queria findo,
>	E creia que eu também.

CÉSAR
>	Não, boa Otávia;
>	Terás notícias minhas. Tempo algum
>	Te tira do meu pensar.

ANTÔNIO
>	Senhor, venha;
>	Meu amor é rival do seu em força.
>	Assim o abraço,
>	(*Abraça César.*)
>	Assim o deixo ir,
>	E o entrego aos deuses.

CÉSAR
>	Vá. Seja feliz.

LÉPIDO
>	Que toda estrela que dá luz ao céu
>	Lhe ilumine a estrada!

CÉSAR
>	Adeus!

(*Beija Otávia.*)

ANTÔNIO
> Adeus!

(*Tocam as trompas. Saem.*)

CENA III — ALEXANDRIA. O PALÁCIO DE CLEÓPATRA.

(*Entram Cleópatra, Charmiana, Iras e Alexas.*)

CLEÓPATRA
> Onde está ele?

ALEXAS
> Com medo de entrar.

CLEÓPATRA
> Que tolice. Aqui, rapaz!

(*Entra o Mensageiro como antes.*)

ALEXAS
> Majestade,
> Nem o judeu Herodes ousa olhá-la,
> Quando não está contente.

CLEÓPATRA
> Desse Herodes
> Quero a cabeça. Porém, não tendo Antônio,
> A quem darei a ordem? Vem cá.

MENSAGEIRO
> Graciosa Majestade!

CLEÓPATRA
> Viste Otávia?

MENSAGEIRO
>   Vi, rainha.
CLEÓPATRA
>   Onde?
MENSAGEIRO
> Senhora, em Roma;
> Olhei-a bem no rosto, e a vi sendo
> Levada entre o irmão e Marco Antônio.

CLEÓPATRA
> É alta como eu?

MENSAGEIRO
>   Não é, senhora.

CLEÓPATRA
> E ao falar, tem voz aguda ou grave?

MENSAGEIRO
> Eu a ouvi, senhora; fala baixo.

CLEÓPATRA
> É mau. Não durará por muito tempo.

CHARMIANA
> Durar? Por Ísis! É impossível!

CLEÓPATRA
> É o que penso. Tola de fala e anã!
> Tem porte majestoso? Pense bem,
> Se já viste majestade.

MENSAGEIRO
>   Ela se arrasta;
> Seu andar e postura são um só.
> Mais que uma vida, ela parece um corpo,
> Estátua que não respira.

CLEÓPATRA
>   É certo?

MENSAGEIRO
> Ou não sei observar.

CHARMIANA
> Não há no Egito
> Três que notem melhor.

CLEÓPATRA
> Ele é esperto,
> Já percebi. Não vejo nada nela.
> Ele é bom julgador.

CHARMIANA
> É excelente.

CLEÓPATRA
> Que idade acha que tem?

MENSAGEIRO
> Minha senhora,
> Era viúva...

CLEÓPATRA
> Viúva? Charmiana!

MENSAGEIRO
> E creio que tenha uns trinta.

CLEÓPATRA
> Lembras-te do rosto? É redondo ou longo?

MENSAGEIRO
> Redondo, até demais.

CLEÓPATRA
> E quase todas as assim são tolas.
> Cor dos cabelos?

MENSAGEIRO
> Castanhos; e a testa
> O mais baixa possível.

CLEÓPATRA

>Toma este ouro.
Não leves a mal eu ter sido agressiva.
Hei de usar-te de novo; considero-te
Muito bom para o ofício. Ora prepare-se,
Minhas cartas 'stão prontas.

(*Sai o Mensageiro.*)

CHARMIANA

>É um bom homem.

CLEÓPATRA

É mesmo bom. E muito eu me arrependo
De o maltratar. Pelo que diz, parece
Que a criatura não é nada.

CHARMIANA

>Nada.

CLEÓPATRA

Ele já viu nobres e sabe reconhecer um.

CHARMIANA

Se ele já viu? Que Ísis me proteja!
Há tanto que ele a serve!

CLEÓPATRA

Tenho ainda uma pergunta, Charmiana.
Mas não importa; traze-o até aqui
Onde escrevo. Tudo acabará bem.

CHARMIANA

Eu garanto, senhora.

(*Saem.*)

CENA IV — ATENAS. UMA SALA NA CASA DE ANTÔNIO.

(*Entram Antônio e Otávia.*)

ANTÔNIO
    Não, não, Otávia; não somente isso...
    Isso eu perdoo, isso e mais mil coisas
    De igual monta — mas já faz nova guerra
    Contra Pompeu; fez testamento e o leu
    Pro povo ouvir:
    De mim, mal falou; e quando obrigado
    Foi com termos de fria e fraca honra
    Que se expressou; de mim fez sempre pouco:
    Tendo deixa pra mais, ele ignorou-a,
    Ou falou entre os dentes.

OTÁVIA
                        Meu senhor,
    Não acredite em tudo ou, se o fizer,
    Não leve tudo a mal. Se os dois se afastam
    Entre ambos ficaria uma infeliz
    A orar pelos dois.
    Rirão de mim os deuses, muito em breve,
    Se pedir "Bênçãos pra meu amo e esposo!"
    E anular essa reza por gritar
    "Bênçãos pro meu irmão!". Que vençam ambos.
    É reza que mata reza; não há meio
    Entre esses dois extremos.

ANTÔNIO

                Cara Otávia,
Que o teu amor te leve para o lado
Que mais o preza. Ficando eu desonrado
Perco a mim mesmo; e antes não ser teu
Que teu e indigente. Mas se aspira
Ser mediadora, nesse tempo
Preparo o necessário pr'uma guerra
Que humilhará o teu irmão: vai bem depressa
Se é o que desejas.

OTÁVIA

                Eu te sou grata.
Que o forte Zeus faça com que eu, tão fraca,
Os concilie! Uma guerra entre os dois
É um abismo no mundo que só mortos
Poderiam soldar.

ANTÔNIO

Quando souber onde isto começou,
Mira então teu desgosto; os nossos erros
Não podem ser iguais, pro teu amor
Balançar entre os dois. Apronta a ida,
Escolhe tua escolta, a qualquer custo
Que o coração te peça.

(*Saem.*)

Cena V — No mesmo local. Uma outra sala.

(Entram Enobarbus e Eros, que se encontram.)

ENOBARBUS

    Então, amigo Eros?

EROS

    Senhor, chegaram novas muito estranhas.

ENOBARBUS

    Quais são elas, homem?

EROS

    César e Lépido fizeram guerra contra Pompeu.

ENOBARBUS

    Isso é velho. E que resultado teve?

EROS

    César, depois de usá-lo nas guerras contra Pompeu, logo depois, negou-lhe a igualdade; não o deixou ter parte nas glórias da ação, e como se não bastasse, acusa-o por cartas outrora escritas a Pompeu; por suas próprias acusações ordena que o agarrem; de modo que o pobre terço está preso, até que a morte o liberte desses limites.

ENOBARBUS

    Então, mundo, ora tens só duas goelas,
    E por mais que lhes dês tua comida
    Vão se matar. Onde está Antônio?

EROS

    Andando no jardim — e assim despreza
    O perigo que vem; diz "Tolo Lépido!",
    E quase mata o seu oficial
    Que assassinou Pompeu.

ENOBARBUS
    'Stá pronta a armada.
EROS
    Para a Itália e César. Mais, Domitius:
    O nosso amo o chama. Minhas novas
    Podiam esperar.
ENOBARBUS
        Não vai ser nada.
    Mas deixa estar. Leva-me até Antônio.
EROS
    Vamos, senhor.

(*Saem.*)

CENA VI — ROMA. NA CASA DE CÉSAR.

(*Entram Agrippa, Mecenas e César.*)

CÉSAR
    Com isso e mais faz desfeitas a Roma
    Em Alexandria. É assim que faz:
    No mercado, sobre base de prata,
    Ele e Cleópatra, em tronos de ouro,
    Foram publicamente entronizados.
    Cesário, dito filho de meu pai,
    'Stava a seus pés, com a prole ilegal
    Que entre eles criaram. Pois a ela
    Ele deu o mando do Egito; e ainda a fez,
    Da Baixa Síria, de Chipre e da Lídia,
    Rainha absoluta.

MECENAS
>> Tudo isso em público?

CÉSAR
>> Na arena, onde sempre se exercitam.
> Os filhos dele, lá, são reis dos reis:
> A grande Média, a Pártia e a Armênia
> Doou a Alexandre; cedendo a Ptolomeu
> A Síria, a Cilícia e a Fenícia. Ela,
> Vestida qual se fora a deusa Ísis,
> Foi vista nesse dia; e assim recebe
> Por vezes, dizem.

MECENAS
> Pois que Roma o saiba.

AGRIPPA
> Que, já cansada de sua insolência,
> Na certa deixa de pensar bem dele.

CÉSAR
> O povo sabe; e hoje foi informado
> De seus ataques.

AGRIPPA
>> Mas a quem acusa?

CÉSAR
> A César que, vencendo na Sicília
> Sexto Pompeu, não reservou pra ele
> Parte da ilha. Diz que me emprestou
> Navios não devolvidos. E ainda insiste
> Que do triunvirato deve ser
> Banido Lépido, retendo nós
> A sua renda.

AGRIPPA
>> Isso exige resposta.

CÉSAR

    Está dada; partiu o mensageiro.
    Disse que Lépido, cruel demais,
    Abusara de sua autoridade
    E mereceu sair. Do que eu ganhei
    Dei-lhe parte, porém de sua Armênia,
    E de outros reinos conquistados, eu
    Exijo o mesmo.

MECENAS

          Nisso ele não cede.

CÉSAR

    E nem podemos nós ceder aqui.

(*Entra Otávia com seu Séquito.*)

OTÁVIA

    Ave, César, meu senhor! Caro César!

CÉSAR

    Não quisera ver-te assim repudiada!

OTÁVIA

    E nem me vê, nem pra tal tem motivo.

CÉSAR

    Por que vens escondida? Assim não chega
    A irmã de César. A mulher de Antônio
    Deve ter um exército de escolta,
    Com tropel de cavalos anunciando
    Bem antes a chegada. Deveríamos
    Ver nas árvores homens, e desmaios
    De ânsia pela espera. O próprio pó
    Devia ter subido até os céus
    Por tua vasta tropa. Porém chegas

Qual serva a Roma, impedindo assim
Nossas mostras de amor, que, sem serem vistas,
Ficam esquecidas. Devemos buscar
Por mar ou terra e, a cada etapa,
Maiores saudações.

OTÁVIA

                    Meu bom senhor,
Não fui forçada a vir assim, mas, antes,
Por vontade. Meu senhor, Marco Antônio,
Ao sabê-lo em pé de guerra, informou-me
O triste ouvido; e a ele eu implorei
Licença pra voltar.

CÉSAR

                    Que ele logo deu,
Sendo obstrução entre ele e o desejo.

OTÁVIA

Nem diga isso.

CÉSAR

                    Eu tenho os olhos nele,
E o que ele faz a mim chega com o vento.
Onde está ele hoje?

OTÁVIA

                    Em Atenas, senhor.

CÉSAR

Não, mana injuriada, pois Cleópatra
Já o chamou. Ele deu seu império
A uma rameira que recruta agora
Pra guerra os reis da terra. Ele juntou
Bocus, o Rei da Líbia; Arquelaus
Da Capadócia; Filadelfos, Rei
Da Paflagônia; o trácio Rei Adalas;

     Rei Manchus da Arábia, Rei de Ponto,
     Herodes da Judeia; Mitridates
     De Comagene; Polemom e Amintas,
     Os reis da Média e da Licaônia,
     E muitos cetros mais.

OTÁVIA
     Pobre de mim,
     Que dou meu coração a dois amigos
     Que se agridem!

CÉSAR
        Sê muito bem-vinda.
     'Tuas cartas sustaram-nos a ação
     Até a vermos assim maltratada,
     E nós, por negligência, em perigo.
     Alegra-te, não te inquietes com este tempo,
     Cuja exigência abala o teu prazer,
     E deixa o que o destino já traçou
     Seguir seu curso. E sê bem-vinda,
     Cara entre as caras! Foste mais ofendida
     Do que o imaginável; e os deuses
     Pr'haver justiça, fazem seus ministros
     Os que te amam. Que tenhas aqui conforto
     E boa acolhida.

AGRIPPA
        Bem-vinda seja.

MECENAS
>Bem-vinda seja, senhora.
>Todo peito romano lhe tem pena.
>Só o adúltero Antônio, agindo assim
>De forma abominável, a repudia
>E entrega sua tropa à prostituta
>Que brada contra nós.

OTÁVIA
>É assim, senhor?

CÉSAR
>Mais que certo. Bem-vinda, mana. E peço-te
>Que tenhas paciência. Minha amada irmã!

(*Saem.*)

CENA VII — PERTO DE ACTIUM. ACAMPAMENTO DE ANTÔNIO.

(*Entram Cleópatra e Enobarbus.*)

CLEÓPATRA
>Eu me vingo de ti; verás se não.

ENOBARBUS
>Mas por quê, por quê, por quê?

CLEÓPATRA
>Tu foste contra eu estar nesta guerra,
>Dizendo não ser certo.

ENOBARBUS
>E, bem, será?

CLEÓPATRA
>Se ela é contra nós, nós não devemos
>Vir em pessoa?

ENOBARBUS
            (à parte)
                        Eu posso responder,
Se usarmos juntos cavalos e éguas,
Os cavalos se perdem. Levam elas
Cavalo e cavaleiro.

CLEÓPATRA
                        O que é que diz?

ENOBARBUS
            Sua presença só confunde Antônio,
Toma-lhe o coração, a mente e o tempo,
Quando estão ocupados. Já é ele
Tido por fútil, sendo dito em Roma
Que Fotinus, o eunuco, e suas servas
Mandam na guerra.

CLEÓPATRA
                            Pois que afunde Roma
E que apodreça a língua que me ataca.
A guerra é minha e, cabeça do reino,
Lá serei homem. Não me contradigas,
Não fico para trás.

(*Entram Antônio e Canidius.*)

ENOBARBUS
                        Eu já acabei.
Eis Antônio.

ANTÓNIO
> Não é estranho, Canidius,
> Que eles possam, de Tarento e Brindisi,
> Cruzar assim tão rápido o Mar Jônico
> E até tomar Torino? Soubeste, amada?

CLEÓPATRA
> A rapidez nunca é mais admirada
> Que pelo negligente.

ANTÓNIO
> Uma advertência
> Que é aplicável ao melhor dos homens
> Qual desafio à preguiça. Canidius,
> O enfrentaremos por mar.

CLEÓPATRA
> Sim, por mar!

CANIDIUS
> Por quê?

ANTÓNIO
> Porque nos desafia a isso.

ENOBARBUS
> E o senhor a ele, só os dois.

CANIDIUS
> E a travar batalha em Farsália,
> Onde lutaram César e Pompeu.
> Mas o que não convém ele recusa;
> Faça o mesmo.

ENOBARBUS

                Suas naus 'stão fracas,
Os marinheiros são peões, tropeiros,
Recrutados às pressas. Mas com César
Estão os que lutaram contra Pompeu,
Com naus rápidas, e as suas, lentas.
Não é vergonha recusar o mar
'Stando pronto pra terra.

ANTÔNIO

                      Não, por mar.

ENOBARBUS

Mas desperdiça assim, nobre senhor,
Os seus dotes supremos quando em terra;
Despreza a sua tropa, toda feita
De infantaria experiente; e deixa
Sem ter uso o seu célebre saber,
Ignorando o caminho promissor,
E entregando-se ao risco e ao acaso,
Em lugar do seguro.

ANTÔNIO

                   Vou por mar.

CLEÓPATRA

César não tem frota melhor que a minha.

ANTÔNIO

As naus desnecessárias nós queimamos,
E com o resto equipado vou pra Actium,
Venço César no ataque. Se perdermos,
Venceremos em terra.
(*Entra um Mensageiro.*)
                O que nos trazes?

MENSAGEIRO
>É verdade, senhor; ele foi visto.
>César tomou Torino.

ANTÔNIO
>Está lá em pessoa? É impossível;
>É estranho estar com sua tropa. Canidius,
>Comanda as legiões todas por terra,
>E os doze mil cavalos. Vamos embarcar
>Partamos, minha Tétis.
>(*Entra um Soldado.*)
>>Que há, soldado?

SOLDADO
>Não lute n'água, nobre imperador,
>Não tenha confiança em tábuas podres.
>Não crê em minha lâmina e feridas?
>Brinquem de patos, egípcios e fenícios.
>Nós conquistamos sempre em terra firme,
>Infante contra infante.

ANTÔNIO
>>Bem, bem, vamos!

(*Saem Antônio, Cleópatra e Enobarbus.*)

SOLDADO
>Por Hércules, eu sei que eu estou certo.

CANIDIUS
>Estás, soldado. Mas os atos dele
>Não vêm da força. O nosso guia segue,
>E mulheres nos mandam.

SOLDADO

                         Mas em terra
Não 'stão consigo tropas e cavalos?

CANIDIUS

Marcus Octavius, com Marcus Justius,
Publicola e Caelius vão por mar.
Em terra ficamos. Essa pressa
De César é incrível.

SOLDADO

                       Quando em Roma,
A tropa manobrou de modo tal
Que enganou os espias.

CANIDIUS

                       Qual era o tenente?

SOLDADO

Um tal de Taurus.

CANIDIUS

                  Eu o conheço bem.

(*Entra um Mensageiro.*)

MENSAGEIRO

O imperador chama Canidius.

CANIDIUS

Trabalha o tempo as novas; e parteja,
A cada minuto, mais outras.

(*Saem.*)

Cena VIII — Uma planície perto de Actium.

(*Entram César e Taurus, com seu Exército, marchando.*)

CÉSAR

Taurus!

TAURUS

Senhor?

CÉSAR

Não ataque por terra, e nem provoque,
Até a conclusão no mar. Não exceda
O que diz esta ordem.
(*Dá a Taurus um pergaminho.*)
                    Nossa sorte
Depende deste golpe.

(*Saem.*)

Cena IX

(*Entram Antônio e Enobarbus.*)

ANTÔNIO

Prepara os esquadrões naquela encosta,
Ante os olhos de César, e de onde
Poderemos contar os seus navios
E agir segundo os dados.

(*Saem.*)

Cena X

(*Canidius marcha com sua tropa em um sentido do palco, e Taurus, tenente de César, no outro sentido. Depois que saem ouve-se o ruído de uma batalha naval. Alarma. Entra Enobarbus.*)

ENOBARBUS
Tudo acabado! Não aguento olhar!
O capitânia egípcio, o Antoníada,
Vira e foge com os outros sessenta.
Fiquei cego de ver.

(*Entra Scarus.*)

SCARUS
                Deuses e deusas,
Todos reunidos!

ENOBARBUS
            Que paixão é essa?

SCARUS
Foi-se a maior parcela deste mundo
Por ignorância. Demos, mão beijada,
Reinos, províncias.

ENOBARBUS
              Como está a luta?

SCARUS
> De nosso lado, marcada de peste
> Pra morte certa. A égua-puta egípcia —
> Que a lepra a tenha! — em meio à batalha,
> Quando a vantagem, como um par de gêmeos,
> Estava empatada, ou até pro mais velho,
> Pegando o vento como vaca em junho
> Içou as velas e fugiu.

ENOBARBUS
> Isso eu vi.
> Doente com a visão, não suportei
> Continuar a olhar.

SCARUS
> Mal se afastou,
> A ruína que o encanto fez de Antônio
> Abre as asas e, pato apaixonado,
> Deixa a luta no auge e voa atrás.
> Nunca vi tal vexame em uma guerra.
> Pois nunca honra viril e experiência
> Assim se violaram.

ENOBARBUS
> Que tristeza!

(*Entra Canidius.*)

CANIDIUS
> Nossa sorte no mar perdeu o fôlego,
> E naufraga triste. Se o general
> Agisse como sabe, dava certo.
> Em fuga vergonhosa ele nos deu
> Modelo para a nossa!

ENOBARBUS

                    É assim que pensa?
Então 'stá acabado mesmo.

CANIDIUS

Fugiram pro Peloponeso.

SCARUS

Fica bem perto, e por lá espero
O que há de vir.

CANIDIUS

                    Entregarei a César
Meus homens e cavalos. Seis reis já
Mostraram-me o caminho.

ENOBARBUS

                        Por enquanto
Sigo o fado maculado de Antônio,
Mesmo que contra os ventos da razão.

(*Saem, por uma porta, Canidius e, por outra, Scarus e Enobarbus.*)

CENA XI — ALEXANDRIA. O PALÁCIO DE CLEÓPATRA.

(*Entram Antônio e Criados.*)

ANTÔNIO

Pede a terra que eu não a pise mais,
Meu peso a envergonha. Aqui, amigos:
Tanto o mundo me maldiz que eu perdi
Meu caminho pra sempre. Tenho uma nau
Cheia de ouro. Repartam-na, fujam,
E façam paz com César.

Todos

> Fugir? Nunca.

António

> Pois eu fugi, ensinando aos covardes
> A correr mostrando as costas. Amigos,
> Tomei resolução quanto a um caminho
> No qual não preciso de vocês. Vão-se embora.
> Meu ouro está no cais. Podem levá-lo.
> Segui o que me enrubesce só de olhar:
> Meus cabelos revoltam-se; os brancos
> Têm por ousados os negros, que chamam
> De medrosos os brancos. Vão, amigos.
> Terão cartas minhas que servirão
> Pr'abrir caminhos. Nada de tristeza,
> Nem falem de repúdio; a sua deixa
> Quem dá é o desespero; e abandonem
> O que se abandonou. Pro cais, depressa.
> Eu dou-lhes minha nau e meu tesouro.
> Eu peço que me deixem por um pouco.
> Sim, por favor; eu não comando mais.
> Por favor, peço. E os vejo daqui a pouco.

(Senta-se.)
(Entra Cleópatra amparada por Charmiana e Eros, com Iras logo atrás.)

Eros

> Não, senhora minha! Vá consolá-lo.

Iras

> Faça-o, rainha querida.

CHARMIANA
>	Vá. O que mais poderia fazer?

CLEÓPATRA
>	Deixem-me sentar. Ai, Juno!

ANTÔNIO
>	Não, não, não, não.

EROS
>	Está vendo ali, senhor?

ANTÔNIO
>	Ah vergonha, vergonha!

CHARMIANA
>	Senhora!

IRAS
>	Senhora! Boa imperatriz!

EROS
>	Senhor, senhor!

ANTÔNIO
>	Em Philippi, senhor, ele empunhava
>	A espada qual dançarino, enquanto eu
>	Golpeava o velho Cassius, sendo eu mesmo
>	Quem acabou com Brutus. Ele apenas
>	Agiu por comandados, pois era novato
>	Nos esquadrões da guerra. E agora... Esqueçam!

CLEÓPATRA
>	Ai, fiquem alerta.

EROS
>	A rainha, meu senhor. A rainha!

IRAS
>	Vá lá, senhora; vá falar com ele.
>	Ele está arrasado de vergonha.

CLEÓPATRA
>Então, ajudem-me. Ai!

EROS
>Nobre senhor, levante-se. É a rainha,
>Co'a cabeça abaixada, quase morta.
>Só seu consolo a salva.

ANTÓNIO
>Eu maculei minha reputação,
>Com minha fuga abjeta.

EROS
>   Eis a rainha.

ANTÓNIO
>Pr'aonde me levaste, Egito? Vê
>Como escondo a vergonha dos teus olhos
>Pra remoer tudo o que abandonei
>Preso em desonra.

CLEÓPATRA
>   Ai, meu amo e senhor,
>Perdoa as naus medrosas! Não pensei
>Que me seguisses.

ANTÓNIO
>   Porém sabes, Egito,
>Que tem tão preso a ti meu coração,
>Que o reboca. Sobre o meu espírito
>Conheces o teu domínio, e um teu chamado
>Pode fazer-me ignorar até ordem
>Dos próprios deuses.

CLEÓPATRA
>   Ai, perdão!

ANTÔNIO
                          E agora
Tenho de implorar humilde ao rapazola,
Lidar com as cabriolas da baixeza,
Eu, que podia brincar com meio mundo,
Dar bons e maus destinos. Já sabia
Até que ponto eu fora conquistado,
E que, enfraquecida, a minha espada
Obedece à afeição.

CLEÓPATRA
                    Perdão, perdão!

ANTÔNIO
Nem uma lágrima, pois cada uma
Vale o perdido. Se me der um beijo
Estou bem-pago. Eu mandei o tutor;
Já retornou? Amor, peso como chumbo.
Quero vinho e comida! Sabe a sorte
Que a desprezamos quando bate forte.

(*Saem.*)

CENA XII — EGITO. O ACAMPAMENTO DE CÉSAR.

(*Entram César, Agrippa, Dolabella e Tídias, com outros.*)

CÉSAR
Pode entrar o mandado por Antônio.
Sabem quem é?

DOLABELLA
                        É só seu tutor, César;
Mostra que está depenado, se manda
Aqui essa peninha de sua asa,

Quem tinha tantos reis por mensageiros,
Poucas luas atrás.

(*Entra o Embaixador de Antônio.*)

CÉSAR
                        Venha e fale.
EMBAIXADOR
Tal como sou, eu venho aqui por Antônio.
Ainda há pouco, era pra ele tão pouco
Quanto o orvalho da manhã na folha
Para o seu grande mar.
CÉSAR
                        Diga ao que vem.
EMBAIXADOR
Senhor de seu destino, ele o saúda,
Pede pra viver no Egito e, se impossível,
Reduzindo o que quer, pede licença
Para entre o céu e a terra respirar,
Só cidadão em Atenas. E é só.
Cleópatra, admitindo a sua grandeza,
A seu poder se entrega, e de si pede
Pros filhos a coroa ptolomaica,
Que hoje de si depende.

CÉSAR

                    Quanto a Antônio,
          Nem dou ouvidos. Porém à rainha
          Não faltará ao pleito atendimento,
          Desde que expulse do Egito, ou que mate,
          Seu amigo em desgraça. Se assim fizer,
          Será por certo ouvida. Assim lhes diz.

EMBAIXADOR
          Que tenha boa sorte!

CÉSAR
                    Agora, levem-no.
          (*Sai o Embaixador.*)
          (*Para Tídias.*)
          É hora de provar tua eloquência.
          Separando Cleópatra de Antônio,
          Promete em nosso nome o que ela pede;
          Inventa mais ofertas. As mulheres
          Na fortuna são fracas; e a miséria
          Faz perjura à vestal. Astuto, Tídias,
          Cria tuas próprias normas que, por prêmio,
          Fazemos nossas leis.

TÍDIAS
                    Eu irei, César.

CÉSAR
          Vê como Antônio aceita a sua sina,
          E informa o que diz cada ação dele,
          A força, o movimento.

TÍDIAS
                    Assim farei.

          (*Saem.*)

Cena XIII — Alexandria. O palácio de Cleópatra.

(Entram Cleópatra, Enobarbus, Charmiana e Iras.)

CLEÓPATRA
    O que faremos?

ENOBARBUS
        Pensar e morrer.

CLEÓPATRA
    É nossa ou é de Antônio a culpa disso?

ENOBARBUS
    Só de Antônio, que deixou a vontade
    Mandar na razão. Que importa sua fuga
    Da guerra imensa? E por que segui-la
    Quando as naus se assustam uma à outra?
    A coceira do afeto não podia
    Pegar o militar, numa hora assim,
    Com as metades do mundo se enfrentando
    Por causa dele. Foi tão vergonhoso,
    Quanto perder, seguir suas bandeiras
    Deixando ao léu a armada.

CLEÓPATRA
        Chega, paz.

(Entra o Embaixador, com Antônio.)

ANTÔNIO
    E foi essa a resposta?

EMBAIXADOR
    Foi, meu senhor.

ANTÔNIO

    A rainha tem toda a cortesia
    Se me entrega.

EMBAIXADOR

                Assim disse.

ANTÔNIO

                         Diga a ela.
    É mandar pro guri este grisalho,
    Que ele enche até a borda os seus desejos
    Com principados.

CLEÓPATRA

                A sua cabeça?

ANTÔNIO

    Vá até ele e diga-lhe que a rosa
    Da juventude o marca, e diz ao mundo
    Só isto. As suas naus, moedas, tropas,
    Podem ser de um covarde, e seus comandos
    Vencer por ordem de criança, tanto quanto
    Pela de César. E eu o desafio
    A que, sem todo esse alegre aparato,
    Lute com o meu declínio, espada a espada,
    Nós dois sozinhos. Eu escrevo. Siga-me.

(*Saem Antônio e o Embaixador.*)

ENOBARBUS

> (*à parte*)
> Pois sim! Com tanta tropa, César
> Vai se humilhar pra ser exposto à vista
> Contra um guerreiro! O critério de um homem
> Gera o seu destino, e o que é externo
> Atrai pra si o que é do interior.
> E, exposto ao todo, o faz sonhar
> Que, sabendo o que sabe, César, pleno,
> Atenda ao seu vazio. Venceu César
> Também seu juízo.

> (*Entra um Criado.*)

CRIADO

> Um mensageiro de César.

CLEÓPATRA

> Se foi à cerimônia? Vejam, aias,
> Como tapa o nariz à rosa murcha
> Quem adora o botão. Deixe-o entrar.

> (*Sai o Criado.*)

ENOBARBUS

> (*à parte*)
> Com minha honestidade eu entro em luta.
> A lealdade firme a um tolo torna
> Nossa fé em loucura. Mas quem chega
> A seguir lealmente o amo que cai,
> Derrota quem seu amo derrotou;
> Fica na história.

(*Entra Tídias.*)

CLEÓPATRA
    O desejo de César.

TÍDIAS
    Ouça sozinha.

CLEÓPATRA
    São amigos; fala.

TÍDIAS
    Mas podem ser também de Marco Antônio.

ENOBARBUS
    Ele precisa de tantos quanto César,
    Não só de nós. Se agrada a César, ele
    De um salto é seu amigo. E nós, já sabe,
    'Stamos com quem ele 'stá, ou seja, César.

TÍDIAS
    Então, notável rainha. César diz
    Que em seu caso nada há de pesar
    Afora ele ser César.

CLEÓPATRA
              Isso é nobre.

TÍDIAS
    Ele sabe que não ficou com Antônio
    Só por amor, mas sim por medo.

CLEÓPATRA
                    Oh!

TÍDIAS
    As marcas que maculam sua honra,
    Logo, ele lamenta como forçadas,
    E não merecidas.

CLEÓPATRA
                    Um deus, ele sabe
Ver o mais certo. Minha honra não
Foi concedida, mas sim conquistada.

ENOBARBUS
    (*à parte*)
    E só Antônio pode confirmá-lo.
    Mas, senhor, senhor, faz tanta água
    Que o devemos deixar afundar, pois
    Sua querida o deixa.

    (*Sai.*)

TÍDIAS
                    Digo a César
O que deseja? Pois o que ele pede
É que lhe queiram dar. Lhe agradaria
Que de sua fortuna fosse feito
Um amparo pra si. E o encantaria
Ouvir de mim que já deixara Antônio,
Buscando abrigo sob o manto dele,
Senhor do mundo.

CLEÓPATRA
                    Qual é o teu nome?

TÍDIAS
    Meu nome é Tídias.

CLEÓPATRA

                Meu bom mensageiro,
A César diz, qual meu delegado,
Que sua mão conquistadora eu beijo,
A seus pés ponho, humilde, esta coroa:
E aguardo, de sua voz onipotente,
O fado do Egito.

TÍDIAS

                Fez nobre opção.
Se lutam fado e sabedoria,
Quando a segunda faz de seu melhor,
Nada se abala. Imploro que permita
Beijar-lhe a mão.

CLEÓPATRA

(*Oferece sua mão.*)
O pai desse teu César,
Muita vez, já pensando em novos reinos,
Pousou o lábio nessa mão sem mérito
E choveu beijos.

(*Entram Antônio e Enobarbus.*)

ANTÔNIO

Favores, já? Raios!
Quem és, rapaz?

TÍDIAS

                Alguém que cumpre apenas
O que comanda o maior e mais digno
De ser obedecido.

ENOBARBUS

  (*à parte*)

      Assim, apanhas.

ANTÔNIO

  (*Chamando Criados.*)
  Chega aqui! Sonso! Deuses e demônios,
  Perdi a autoridade. Ainda há pouco,
  Gritando "Olá!", reis, como crianças,
  Saltavam pra indagar "O que deseja?"
  Tu não ouviste? Ainda sou Antônio.
  (*Entram Criados.*)
  Levem este sujeito e o açoitem.

ENOBARBUS

  (*à parte*)
  É bem melhor brincar com um filhote
  Que com leão que morre.

ANTÔNIO

        Lua e estrelas!
 Açoitem-no! Se vinte potentados
 Fiéis a César eu pegasse aqui
 Tomando liberdades com a mão dela —
 Qual seu nome, depois que foi Cleópatra?
 Açoitem-no até franzir o rosto
 E uivar por piedade. Levem logo.

TÍDIAS

  Marco Antônio!

ANTÔNIO

>Vão! E açoitado
Tragam-no aqui. O tolo de César
Leva nossa resposta.
(*Saem os Criados com Tídias.*)
'Stavas morrendo antes que eu te visse.
Deixei sem marca o travesseiro em Roma,
Deixei eu de gerar linha legítima,
Na joia das mulheres, só pra ter
Ofensas de criados?

CLEÓPATRA

>Meu bom amo...

ANTÔNIO

>A vida toda foste instável.
Mas quando em nossos vícios nos firmamos —
Maldita sejas! — os deuses nos cegam,
Juntam nosso critério e imundície,
Nos fazem adorar erros, e se riem
Da nossa confusão.

CLEÓPATRA

>Aí chegamos?

ANTÔNIO

>Te conheci como um petisco frio
Que deixou César morto; uma migalha
De Cnaeus Pompeu, e mais de outras
Horas de cio que, mesmo sem ter fama,
A luxúria gozou. Pois estou certo
Que mesmo imaginando a castidade
Tu não a conheces.

CLEÓPATRA

>Por que isso?

ANTÔNIO

 Deixar alguém que vive de gorjetas
 E diz "Que Deus lhe pague!" seja íntimo
 Da mão com que brinquei; esse selo real,
 Signo de altos corações! Quem me dera
 No topo de Basã urrar mais alto
 Que o rebanho chifrudo. Co'esta fúria,
 Eu falar comedido é a mesma coisa
 Que agradecer o enforcado ao carrasco
 Por agir rápido.
 (*Entra um Criado com Tídias.*)
    Foi açoitado?

CRIADO

 Muito, senhor.

ANTÔNIO

    Gritou? Pediu perdão?

CRIADO

 Pediu clemência.

ANTÔNIO

 (*para Tídias*)
 Se teu pai vive, que ele se arrependa
 De não fazer-te filha, e sofras por
 Seguir a César em triunfo, já
 Que acabaste açoitado por segui-lo;
 Que toda mão de dama te dê febre,
 E que tremas por vê-la. Voltas a César,
 E conta o que recebeste. Diz-lhe
 Que ele está me irritando. Pois parece
 Me desdenhar, insistindo no que sou,
 Não no que sabe eu ter sido. Me irrita
 Em hora que é bem fácil consegui-lo;

>Quando a estrela boa que eu seguia
>Saiu da órbita e perdeu o fogo
>No abismo do inferno. E se não gosta
>Do que aqui digo ou faço, diz a ele
>Que tem meu homem livre Hipparcus,
>Que pode torturar ou enforcar
>Pra ficar quites comigo. Eu insisto.
>Sai daqui com teus vergões!

(*Sai Tídias com o Criado.*)

CLEÓPATRA

>>Já acabaste?

ANTÔNIO

>Ai, a lua terrestre
>Está em eclipse, e só prenuncia
>O fim de Antônio.

CLEÓPATRA

>Aguardo o teu bom senso.

ANTÔNIO

>Pr'agradar César, vais trocar olhares
>Com os criados?

CLEÓPATRA

>>Não me conheces ainda?

ANTÔNIO

>Mas para mim o gelo?

CLEÓPATRA

>>Se assim for
>Que meu peito gelado gere neve,
>O envenene na fonte, e sobre mim
>Caia a primeira pedra que, acabando,

Dissolva a minha vida. E então Cesárion,
Até toda memória do meu ventre,
E todos os egípcios corajosos,
No derreter-se a chuva de granizo
Jazer sem tumba até que os enterrem
Os insetos do Nilo.

ANTÔNIO

                Isso já basta.
César está firme em Alexandria,
Onde eu lhe enfrento o fado. A tropa em terra
Resistiu bem, e a armada espalhada
Já está unida, pronta, ameaçadora.
Onde estiveste, amada? Ouviste, senhora?
Se da batalha eu volto inda uma vez
Para beijar-te, será todo em sangue,
Fazendo história com esta minha espada.
Ainda há esperança.

CLEÓPATRA

Esse é o meu bravo senhor!

ANTÔNIO

Com triplo nervo, coração e fôlego,
Lutarei com malícia. No período
Em que brinquei, homens compravam
A vida com um sorriso. Hoje, bem firme,
Mando pro inferno quem a mim parar.
Vamos ter mais uma noite de festa,
Encher as taças dos capitães tristes,
Rir do toque de silêncio.

CLEÓPATRA

                      E eu pensava
Que o meu aniversário ia ser triste.
Mas sendo Antônio Antônio, eu sou Cleópatra.

ANTÔNIO

Ainda nos podemos sair bem.

CLEÓPATRA

(*para Charmiana e Iras*)
Chamem aqui os nobres capitães!

ANTÔNIO

Eu falarei com eles, e esta noite,
O vinho sairá por suas feridas.
Vamos, rainha. Eu inda tenho seiva.
Na nova luta eu farei a morte amar-me,
Pois enfrento até mesmo o seu alfange.

(*Saem todos, menos Enobarbus.*)

ENOBARBUS

Agora enfrenta raios. Estar em fúria
É fugir do temor, e nesse clima
A pomba ataca até falcão; percebo
Que a perda cerebral do capitão
O incentiva. A bravura sem razão
Engole a espada com que luta. E eu
Vou procurar um meio de o deixar.

(*Sai.*)

ATO IV

Cena I — Diante de Alexandria. O acampamento de César.

> (*Entram César, Agrippa e Mecenas, com o Exército do primeiro. César lê uma carta.*)

CÉSAR

Me chama de menino, e repreende
Como apto a expulsar-me do Egito.
Surrou-me o arauto, e sugere um duelo,
César pr'Antônio. Informem ao devasso
Que eu tenho outras maneiras de morrer;
E rio do desafio.

MECENAS

Mas lembre-se
Que herói assim só uiva se, acuado,
Está para cair. Não lhe dê fôlego,
Ataque agora que está distraído.
Raiva não é defesa.

CÉSAR

                Avisa aos chefes
Que a de amanhã é a última batalha
Que iremos travar. Em nossas tropas,
Há dos que há pouco eram de Antônio
Bastantes para prendê-lo. Dá as ordens

E festeja com a tropa. Temos muito
E eles valem o gasto. Pobre Antônio!

(*Saem.*)

Cena II — Alexandria. O acampamento de Cleópatra.

>(*Entram Antônio, Cleópatra, Enobarbus, Charmiana, Iras, Alexas e outros.*)

ANTÔNIO
    Ele não luta comigo, Domitius?
ENOBARBUS
                            Não.
ANTÔNIO
    Mas por que razão?
ENOBARBUS
    Porque se tem vinte vezes mais sorte,
    É vinte contra um.
ANTÔNIO
                  Pois amanhã
    Eu luto em terra e mar. Ou eu vivo
    Ou lavo minha honra que hoje morre
    No sangue que a revive. Vai lutar?
ENOBARBUS
    Ao som de "Tudo ou nada!".
ANTÔNIO
                          Disse bem.
    Chama os criados.
    (*Sai Alexas.*)
                      E que esta noite seja
    A ceia generosa.

(*Entram três ou quatro Criados.*)
Dá-me a mão —
Tu — e tu. Serviram-me bem,
Com reis por companheiros.

CLEÓPATRA

(*à parte, para Enobarbus*)
Que diz ele?

ENOBARBUS

(*à parte, para Cleópatra*)
São velhos truques que a tristeza gera
No pensamento.

ANTÔNIO

Foram honestos também.
Quem me dera tornar-me muitos homens,
E poder reunir todos vocês
Em um Antônio, pra servi-los como
A mim sempre fizeram.

TODOS

Deus nos livre!

ANTÔNIO

Pois, bons amigos, sirvam-me esta noite!
Não me poupem a taça, e me agradem
Como quando o império inda era amigo
E a mim obedecia.

CLEÓPATRA

(*à parte, para Enobarbus*)
Que quer ele?

ENOBARBUS

(*à parte, para Cleópatra*)
Fazê-los chorar.

ANTÔNIO
                    Cuidem-me esta noite.
Quem sabe ela conclua o seu serviço.
Talvez não mais me vejam ou, se virem,
Serei sombra em pedaços. E amanhã
Talvez já sirvam outro. Olho vocês
Como quem se despede. Meus amigos,
Não os despeço, mas, como bom amo,
'Stou preso a seus serviços até que morra.
Cuidem-me duas horas; é só o que peço.
E que os deuses lhes paguem!

ENOBARBUS
                            Meu senhor,
Por que desanimá-los? Veja, choram,
E eu cheiro cebolas. Que vergonha!
Não nos faça mulheres.

ANTÔNIO
                        Ha, ha, ha,
Maldito seja, se eu quisesse isso!
Benditas essas gotas, meus amigos!
Entenderam de modo doloroso
Quando pra confortá-los lhes pedi
Que dessem luz à noite. Saibam todos
Que tenho fé no amanhã, e os guiarei
Para onde espero vida vitoriosa
E não honra e morte. Vamos para a ceia,
Afogar os pensamentos.

(*Saem.*)

Cena III — A mesma. Diante do palácio.

(Entram, por uma porta, o 1º Soldado com sua Companhia e, por outra, o 2º Soldado.)

1º SOLDADO
Boa noite, irmão. Amanhã é o dia.

2º SOLDADO
Que dá certo pr'um lado. Passar bem.
Ouviste algo de estranho pelas ruas?

1º SOLDADO
Nada. O que é que há?

2º SOLDADO
Vai ver que era boato. Boa noite.

1º SOLDADO
Bem, boa noite.

(Entram Soldados que conversam com o 2º Soldado.)

2º SOLDADO
Soldados, alerta.

3º SOLDADO
Tu também. Boa noite, boa noite.

(Eles se situam em cantos diversos do palco.)

2º SOLDADO
E nós aqui. Se amanhã
A nossa armada vence, eu tenho fé
Que a tropa em terra aguenta.

1º SOLDADO
>   É tropa brava, e resoluta.

(*Música de oboé sob o palco.*)

2º SOLDADO
>   O que é isso?

1º SOLDADO
>   Escuta!

2º SOLDADO
>   Ouçam!

1º SOLDADO
>   É música no ar.

3º SOLDADO
>   Na terra.

4º SOLDADO
>   E não é bom sinal?

3º SOLDADO
>   Não.

1º SOLDADO
>   Quieto, eu digo. Mas quer dizer o quê?

2º SOLDADO
>   É Hércules, o deus que Antônio amava,
>   Que o deixa.

1º SOLDADO
>   Vamos perguntar aos outros
>   Se o ouvem, como nós.

2º SOLDADO
>   Então, amigos?

(*Falam juntos.*)

Todos
> Então? Ouviram isso?

1º Soldado
> Não é estranho?

3º Soldado
> Ouviram, mestres? Será que ouviram?

1º Soldado
> Sigamos o rumor por nossa área,
> Pra ver o alcance.

Todos
> Bem. Que coisa estranha.

(*Saem.*)

Cena IV — A mesma. Uma sala no palácio.

(*Entram Antônio e Cleópatra, Charmiana, e outros que os seguem.*)

Antônio
> Minha armadura, Eros!

Cleópatra
> Durma um pouco.

Antônio
> Não, meu bem. Minha armadura, vamos!
> (*Entra Eros com a armadura.*)
> Vamos, rapaz; cobre-me com este ferro.
> Se hoje a fortuna não ficar conosco
> É porque a desafiamos.

CLEÓPATRA

       Vou ajudar.
  Que é isso?

ANTÔNIO

    Deixe estar.
Armou-me o coração. Não! É aqui.

CLEÓPATRA

Calma, eu ajudo. É assim, não?

ANTÔNIO

       Está bem.
Agora eu venço. Viram isso, amigos?
Vão armar-se.

EROS

     Num instante, senhor.

CLEÓPATRA

'Stá bem-afivelado?

ANTÔNIO

      Como nunca!
Quem abrir isso, mesmo que queiramos
Tirá-la pro repouso, vai ouvir.
Eros, que trapalhão! Minha escudeira
Aperta muito mais. Depressa! Amor,
Se visses hoje a guerra, e conhecesses
Esse ofício de reis, então verias
Um bom artesão.
(*Entra um Soldado armado.*)
     Bom dia e bem-vindo!
Tu pareces saber o que é guerra.
Para um ofício amado, levantamos
Bem cedo e com prazer.

SOLDADO

                    Pois já uns mil
Mesmo tão cedo vestem a armadura
E o esperam no porto.

(*Gritos e toques de trombetas.*)
(*Entram Capitães e Soldados.*)

CAPITÃO

    Bela manhã! Bom dia, general.

TODOS

    Bom dia, general.

ANTÓNIO

               E de bons ventos!
A manhã, como o espírito de um jovem,
Quer ser notada e começou bem cedo.
(*para Cleópatra*)
Assim mesmo. Dê-me isso. Bem dito.
Não importa o que aconteça a mim, senhora,
Este é um beijo de soldado; (*Ele a beija.*)
Vergonha condenável eu ficar
Mais tempo a despedir-me. Eu a deixo
Ora como um homem de aço. Quem for lutar,
Siga-me, e o levarei. Adeus.

(*Saem todos, menos Cleópatra e Charmiana.*)

CHARMIANA

    Não quer ir pro seu quarto?

CLEÓPATRA

                        Que me levem!
Partiu um bravo. Que ele e César possam
Lutando os dois resolver esta guerra!
E então Antônio... Bem, agora... Vamos!

(*Saem.*)

CENA V — ALEXANDRIA. O ACAMPAMENTO DE ANTÔNIO.

(*Soam trombetas. Entram Antônio e Eros; um Soldado vem a seu encontro.*)

SOLDADO

Que os deuses deem dia feliz a Antônio!

ANTÔNIO

Pena não me obrigassem tuas feridas
A lutar só em terra!

SOLDADO

                    E se o fizesse,
Os reis já revoltados e o soldado
Que hoje o abandonou inda estariam
Agarrados a seus passos.

ANTÔNIO

                      Quem foi hoje?

SOLDADO

Um bem querido. Chame Enobarbus,
Ele não ouvirá ou, junto a César,
Dirá "Não sou mais seu".

ANTÔNIO

                          O que dizes?

SOLDADO

        Está com César.

EROS

                      Senhor, seu tesouro
Ele deixou pra trás.

ANTÔNIO

                    Mas foi-se?

SOLDADO

                            É certo.

ANTÔNIO

Vá, Eros, vá mandar-lhe o seu tesouro.
Não retenham um fio, eu lhes ordeno.
E escrevam também — pr'eu assinar —
Meu delicado adeus, com cumprimentos
Que lhe desejam nunca mais ter causa
Para mudar de amo. A minha sorte
Corrompe homens honestos! Enobarbus!

(*Saem.*)

CENA VI — ALEXANDRIA. O ACAMPAMENTO DE CÉSAR.

(*Clarinada. Entram Agrippa, César, Enobarbus e Dolabella.*)

CÉSAR
>	Avança, Agrippa, e dá partida à luta.
>	Nosso desejo é Antônio preso e vivo.
>	Diz isso a todos.

AGRIPPA
>	Assim farei, César.

>	(*Sai.*)

CÉSAR
>	Está chegando a paz universal.
>	Prospere o dia, e o mundo tripartido
>	Ostentará a oliva.

>	(*Entra um Mensageiro.*)

MENSAGEIRO
>	 Marco Antônio
>	Já está no campo.

CÉSAR
>	 Diga então a Agrippa
>	Que ponha na vanguarda os revoltosos,
>	Pra parecer que Antônio gasta a fúria
>	Contra si mesmo.

>	(*Saem todos, menos Enobarbus.*)

ENOBARBUS
>Alexas revoltou-se. Indo à Judeia
>A serviço de Antônio, convenceu
>O grande Herodes a passar pra César
>E abandonar Antônio. Como paga,
>Foi enforcado. Canidius e os outros
>Que se afastaram são bem-recebidos,
>Porém sem confiança. Eu agi mal,
>E por isso me acuso com tal força
>Que nada mais me alegra.

>*(Entra um Soldado de César.)*

SOLDADO
>Enobarbus,
>Antônio lhe enviou o seu tesouro,
>Que aumentou inda mais. O mensageiro
>Chegou na minha guarda, e em sua tenda
>Está descarregando.

ENOBARBUS
>Eu lhe dou tudo.

SOLDADO
>Não caçoe, Enobarbus.
>É verdade. Conduza o portador
>Pra longe desta tropa. De serviço,
>Eu não posso. O seu Imperador
>Ainda é um Zeus.

>*(Sai.)*

ENOBARBUS

      Eu sou o único vilão da terra,
  Ninguém tão bem o sabe. Marco Antônio,
  Mina de dádivas, que pagamento
  Darias ao fiel se ao traiçoeiro
  Tu coroas com ouro! Coração,
  Se não partes agora, encontrarei
  Meios mais rápidos que o pensamento.
  Mas só o pensamento bastará.
  Eu, combatê-lo? Não, irei buscar
  Um canto onde morrer; e o mais imundo
  É o que mais calha ao fim da minha vida.

  (*Sai.*)

CENA VII — CAMPO DE BATALHA ENTRE OS DOIS ACAMPAMENTOS.

  (*Alarma. Tambores e trompas. Entram Agrippa e outros.*)

AGRIPPA

  Recuem! Nosso avanço foi demais!
  César trabalha, e a pressão que sofremos
  Excede o esperado.

  (*Saem.*)
  (*Alarma. Entram Antônio e Scarus, este ferido.*)

SCARUS

  Meu bravo imperador, que luta, esta!
  Se o início fosse igual, os expulsávamos
  Com as cabeças bandadas.

ANTÔNIO

                      Estás sangrando.

SCARUS

    Meu ferimento parecia um T
    Mas já é D de dor.

(*Toque de retirada, fora.*)

ANTÔNIO

                    Estão partindo.

SCARUS

    Vamos mandá-los pr'as latrinas. Tenho
    Ainda espaço pr'uns seis talhos.

(*Entra Eros.*)

EROS

    'Stão batidos, senhor; e com a vantagem
    Nos dá bela vitória.

SCARUS

                  Os pegaremos
    Pelas costas, como se pegam lebres.
    É bom pegar quem foge.

ANTÔNIO

                    Hei de pegá-lo
    Uma vez pelo espírito, e umas dez
    Só por sua coragem. Vem.

SCARUS

    Mesmo capengando.

(*Saem.*)

Cena VIII — Junto aos muros de Alexandria.

>(*Alarma. Entra Antônio com uma tropa. Scarus com outra.*)

ANTÔNIO
>Nós vencemos. Recuaram. Que algum homem
>Corra e conte à rainha os nossos feitos.
>(*Sai um Soldado.*)
>Com o sol da manhã derramaremos
>O sangue que escapou. Eu agradeço
>Às suas bravas mãos que aqui lutaram
>Não só servindo a causa mas, sim,
>Como se fosse a minha. São todos Heitores.
>Abracem, na cidade, esposa e amigos,
>Contem seus feitos e as lágrimas deles
>Vão lavar as feridas que seus beijos
>Hão de deixar curadas.
>(*Entra Cleópatra.*)
>(*Para Scarus.*)
>Dê-me a mão.
>A esta fada eu dedico os seus atos,
>Pra que ela o abençoe.
>(*para Cleópatra*)
>   Dia do mundo,
>Abraça-me o pescoço, salta e cruza
>O aço que me cobre, cavalgando
>Em triunfo o meu coração que arfa!
>
>(*Abraçam-se.*)

CLEÓPATRA
>Ó senhor da virtude. É sorrindo
>Que voltas, livre, do perigo imenso?

ANTÔNIO
>Os mandamos pra cama, rouxinol.
>Menina, embora já meio grisalho,
>O cérebro ainda alimenta os nossos nervos
>E iguala a juventude. Olha este homem.
>Dá a seus lábios a bênção de tua mão.
>(*Ela oferece a mão para Scarus.*)
>Beija-a, guerreiro. Hoje ele lutou
>Como se um deus, por ódio à humanidade,
>A destruísse.

CLEÓPATRA
>Amigo, eu lhe darei
>A armadura de um rei, toda de ouro.

ANTÔNIO
>Ele a merece até toda de gemas
>Como o carro de Febo. Dá-me a mão.
>Vamos marchar por toda Alexandria,
>Vaidosos por mostrar nossos escudos
>Tão marcados quanto os de nossa tropa.
>Se houvesse espaço pra, neste palácio,
>Acampar todos, juntos nós comíamos
>E bebíamos até o novo dia,
>Que promete um perigo para reis.
>Trompistas, rompam o ouvido da cidade,
>Mesclem-se ao toque de nossos tambores,
>Para que juntos céu e terra vibrem
>De aplauso à nossa entrada.

(*Saem.*)
(*Trompas, lá fora.*)

Cena IX — O acampamento de César.

(*Entra uma Sentinela e sua Companhia. Segue-os Enobarbus.*)

SENTINELA
Se não nos vêm render em uma hora,
Voltamos à caserna. A noite brilha
E dizem que a batalha se inicia
Às duas da manhã.

1º GUARDA
O último dia nos foi maldito.

ENOBARBUS
Diga por mim, oh noite...

2º GUARDA
Quem é esse?

1º GUARDA
Põe-te perto e ouve.

ENOBARBUS
Diga por mim, oh noite abençoada,
Quando em livro for dito que os traidores
São lembrança execrável, que Enobarbus
Aqui se arrependeu.

SENTINELA
É Enobarbus?

2º GUARDA
Quieto! Escuta mais.

ENOBARBUS
>Ó soberana da melancolia!
>Orvalhe-me com a noite venenosa,
>Pra que a vida, rebelde ao meu desejo,
>Se solte enfim de mim. Meu coração
>Atire contra a pedra do meu erro,
>Onde seco de dor far-se-á pó,
>Ceifando ideias más. Ó Marco Antônio,
>Mais nobre do que a infâmia do meu gesto,
>Perdoa-me na tua intimidade,
>Mas deixa o mundo proclamar-me sempre
>Como traidor de amo e fugitivo.
>Ó Antônio! Ó Antônio!

>(*Morre.*)

1º GUARDA
>Vou falar-lhe.

SENTINELA
>Vamos ouvi-lo, pois tudo o que diz
>Importa a César.

2º GUARDA
>Vamos; porém dorme.

SENTINELA
>Desmaia, antes; prece igual a essa
>Nunca traz sono.

1º GUARDA
>Vamos até ele.

2º GUARDA
>Senhor! Desperte e fale.

1º GUARDA
>Ouviu, senhor?

SENTINELA
>Pegou-o a mão da morte.
>(*Longe, tocam tambores.*)
>>Ouçam! Tambores!
>
>Acordam os que dormem. E ora o levamos
>Para a caserna: é importante. Acabou
>Nossa hora de guarda.

2º GUARDA
>Vamos. Quem sabe ele se recupera.

(*Saem com o corpo.*)

CENA X — ENTRE OS DOIS ACAMPAMENTOS.

(*Entram Antônio e Scarus, com suas Tropas.*)

ANTÔNIO
>Eles se aprontam hoje para o mar,
>Não nos querem por terra.

SCARUS
>>Para os dois.

ANTÔNIO

    E se lutam no fogo ou no ar,
    Lá lutamos. É hora. A infantaria
    Nessas colinas junto da cidade
    Fica conosco (a ordem pro mar 'stá dada,
    Já saíram do porto),
    De lá veremos onde estão mais fortes,
    E quais os seus objetivos.

    (*Saem.*)

Cena XI

    (*Entra César com seu Exército.*)

CÉSAR

    Se não atacam, fiquem firme em terra,
    Que é o provável, pois sua melhor força
    'Stá nas suas galeras. Vão pr'os vales,
    Ficando nas melhores posições.

    (*Saem.*)

Cena XII

    (*Alarma ao longe, como em uma batalha naval. Entram Antônio e Scarus.*)

ANTÔNIO
>	Inda não lutam. Lá, junto ao pinheiro,
>	Posso ver tudo. Trarei logo novas
>	De como vão as coisas.

>	(*Sai.*)

SCARUS
>	 Andorinhas
>	Fazem ninho nas velas de Cleópatra.
>	Os videntes não sabem ou não dizem,
>	Mas tristes negam seu conhecimento.
>	O bravo e triste Antônio, em sobressalto
>	Não sabe se esperar ou se temer,
>	O que tem ou não tem.

>	(*Volta Antônio.*)

ANTÔNIO
>	 Tudo perdido:
>	Pela sórdida egípcia fui traído.
>	Minha esquadra rendeu-se, e com o inimigo
>	Jogam pro ar gorros e comemoram,
>	Todos amigos. Tu, puta tripla,
>	Me vendeste ao novato, e meu peito
>	Só guerreia contigo. Que todos fujam!
>	Quando eu vingar-me de quem me encantou,
>	'Stou acabado. Peça-lhe que vão! Que fujam!
>	(*Sai Scarus.*)
>	A si, sol, eu não verei mais nascer,
>	Aqui Antônio e a sorte se separam,
>	Aqui nos despedimos. Este é o fim!

Os corações de açúcar que, quais cães,
Me bajulavam, ora se derretem
No César que floresce. Morre o pinho
Que a todos dominava. Fui traído.
Alma falsa do Egito! Mau encanto,
Por cujo olhar eu fiz e desfiz guerras,
Que foi minha coroa, meu propósito,
Cigana me prendeu na cabra cega,
Me fascinou até eu perder tudo.
Olá, Eros!
(*Entra Cleópatra.*)
          Pra fora, maldição!

CLEÓPATRA

Por que essa ira contra o teu amor, meu amo?

ANTÔNIO

Se não sumires te dou o que mereces,
E mancho a glória de César. Que te prenda,
E te exponha à gritaria dos plebeus!
Que sigam a tua biga, a grande mácula
Do teu sexo. Que te mostrem como monstro
Aos humildes e aos tolos. Que retalhe
Esse teu rosto a paciente Otávia,
Com unhas afiadas.
(*Sai Cleópatra.*)
Fez bem de ir-se,
Se achas por bem viver. Melhor seria
Matar-te a minha fúria e, com essa morte,
Evitarem-se muitas. Olá, Eros!
Estou usando a camisa de Nessus.
Ensina-me tua ira, avô Alcides.
Mandarei Lichas aos cornos da lua,

E co'as mãos que a clava ergueram
Que eu mate o melhor de mim. Morra a bruxa
Que ao menino romano me vendeu.
Se eu caí, ela morre. Eros, olá!

(*Sai.*)

Cena XIII — Alexandria. O palácio de Cleópatra.

(*Entram Cleópatra, Charmiana, Iras e Mardian.*)

CLEÓPATRA
Aias, me ajudem! Ele está mais louco
Que Telamon pelo escudo; e nem babou
Tanto assim o javali da Tessália.

CHARMIANA
Pro monumento!
Tranque-se lá; informe que morreu.
Corpo e alma separam-se ao extremo
Quando acaba a grandeza.

CLEÓPATRA
Pro monumento!
Mardian, vai dizer-lhe que eu me matei
E "Antônio" foi minha última palavra;
Usa termos patéticos. Vai logo,
E volta pra dizer-me como te ouviu.

(*Saem.*)

Cena XIV — O mesmo, uma outra sala.

(Entram Antônio e Eros.)

Antônio
    Ainda me olhas, Eros?

Eros
        Sim, meu amo.

Antônio
    As nuvens podem parecer dragões,
    Vapor às vezes, ursos ou leões,
    Toda uma cidadela, rocha íngreme,
    Dois altos picos, promontório azul
    Com árvores que acenam para o mundo,
    Enganando com o ar os nossos olhos.
    São sempre mau agouro.

Eros
        Eu sei, senhor.

Antônio
    O que é um cavalo, só com um pensamento
    Se apaga e fica tão indistinguível
    Quanto água em água.

Eros
        Fica sim, senhor.

Antônio
    Meu servo Eros, o teu capitão
    É hoje assim. Agora eu sou Antônio,
    Mas não posso, rapaz, reter a forma.
    Fiz guerra pelo Egito e a rainha,
    De quem o coração pensei que tinha,
    Já que ela tinha o meu que, quando meu,

Juntava a si mais outros mil, perdidos.
Ela juntou com César suas cartas,
Traiu-me a glória e é trunfo do inimigo.
Não chores, meu bom Eros, pois restamos
Nós dois pr'a acabar conosco.

(*Entra Mardian.*)

                              Sua ama vil!
Roubou a minha espada.

MARDIAN
                            Não, Antônio.
Ela o amava e com a sua misturava
Sua fortuna.

ANTÔNIO
                      Vai-se, eunuco. Paz!
A mim ela traiu, e há de morrer.

MARDIAN

Cada um paga a morte uma só vez,
E isso ela já fez. O que deseja
Lhe foi dado. Suas últimas palavras
Foram "Antônio! Mais que nobre Antônio!"
E em meio a um gemido inda partiu-se
O nome Antônio, que se interrompeu
Entre o peito e os lábios; e, com a vida,
Enterrou o seu nome.

ANTÔNIO
                      Morta?

MARDIAN
                      Morta.

ANTÓNIO
>   Desarma, Eros, o longo dia passou.
>   E devemos dormir.
>   (*para Mardian*)
>   > Sair daqui
>   Já paga o teu labor; vai.
>   (*Sai Mardian.*)
>   Arranca! Arranca!
>   (*Eros o desarma.*)
>   Nem o escudo de Ájax pode conter
>   O que bate este peito. Rachem, flancos!
>   Coração, mais forte que o que o envolve,
>   Parte o estojo frágil! Eros, rápido!
>   Foi-se o soldado. Peças amassadas,
>   Usei-as com nobreza. Sai um pouco.
>   (*Sai Eros.*)
>   Hei de alcançar-te, Cleópatra, e hei
>   De te implorar perdão. E tem de ser, pois ora
>   Tempo é tortura: apagada a tocha,
>   É deitar-me e parar. Qualquer esforço
>   Já macula o que faz; e a própria força
>   Prende a si mesma. Chega, está acabado.
>   Eros! Já vou, rainha! Eros! Me espera!
>   Iremos juntos pro jardim das almas,
>   A provocar o olhar de outros espectros.
>   Dido e Enéas perderão seus séquitos,
>   E o campo será nosso. Vem, Eros!

(*Volta Eros.*)

EROS

    Senhor?

ANTÔNIO

    Depois da morte de Cleópatra,
Eu vivo em tal desonra que os deuses
Odeiam-me a vileza. Eu, que o mundo
Parti em quatro, e no verde Netuno
Com barcos fiz cidades, me condeno
Por não ter a coragem nem a mente
Da mulher que, ao matar-se, disse a César:
"A mim eu conquistei." Eros, juraste
Que ao haver exigência, como agora
Há em verdade — e ao ver eu chegando
Pra mim a promessa inevitável
Da desgraça e do horror, por ordem minha
Tu me matarias. A hora é esta.
Não golpeia a mim; mas derrota César.
Colore o rosto.

EROS

    Os deuses me impedem;
Vou fazer eu o que as flechas da Pártia
Mesmo inimigas não puderam?

ANTÔNIO

    Eros,
Queres ver então, de uma janela em Roma,
Com os braços presos, teu amo curvando
Uma nuca punida, e o rosto triste
Coberto de vergonha, enquanto o carro
Do feliz César, logo à frente, exibe
O estado a que cheguei?

EROS

                        Não quero vê-lo.

ANTÓNIO

        Vamos, então. Pois cura-me a ferida
Da tua espada honesta, que portou
Pro bem do teu país.

EROS

                        Perdão, senhor!

ANTÓNIO

        Quando te fiz livre, não juraste então
Que bastava eu pedir? Faze-o agora,
Ou todo o seu serviço até aqui
Perderá o sentido. Tira e vem.

EROS

        Afaste então de mim esse seu rosto,
Onde mora a adoração do mundo.

ANTÓNIO

        Eis aí!

(*Vira o rosto para o outro lado.*)

EROS

        Tirei a espada.

ANTÓNIO

                    Pois que ela faça logo
O que te fez tirá-la.

EROS

                    Meu bom amo,
Meu capitão, imperador; que eu diga
Antes do ato sangrento o meu adeus.

ANTÔNIO
> 'Stá dito, homem. Adeus.

EROS
> Adeus, meu chefe. Dou o golpe agora?

ANTÔNIO
> Sim.

EROS
> Está feito. (*Mata-se.*)
> E assim fujo à tristeza
> Da morte de Antônio.

ANTÔNIO
> É muito mais nobre
> Que eu. Me ensina o que, meu bravo Eros,
> Deveria eu fazer e não pude. A rainha
> E Eros, pelo exemplo que me dão,
> Ficam na história. Mas eu hei de ser
> Um noivo em minha morte, e procurá-la
> Como a um leito de amante. É agora! E, Eros,
> Morre aluno o teu mestre. Fazer isto
> (*Cai sobre a sua espada.*)
> Aprendi com você. Mas, não 'stou morto?
> Guardas! Me acabem!

(*Entra uma Companhia de Guardas. Um deles é Dercetas.*)

1º GUARDA
> Que barulho é esse?

ANTÔNIO
> Trabalhei mal, amigos. Ora findem
> O começado.

2º GUARDA

                A estrela caiu.

1º GUARDA

        É o fim dos tempos.

TODOS

                    Que pena! Que pena!

ANTÔNIO

        Que quem me ama mate-me.

1º GUARDA

                        Não eu.

2º GUARDA

        Nem eu.

3º GUARDA

        E nem ninguém.

(*Saem os Guardas.*)

DERCETAS

        De sua morte e fado fogem todos.
        Co'as novas mostro a César sua espada
        E estou feito com ele.

(*Pega a espada de Antônio.*)
(*Entra Diomedes.*)

DIOMEDES

        Onde acho Antônio?

DERCETAS

        Ali, Diomedes.

DIOMEDES
>	Vivo? Mas não responde, homem?

>	(*Sai Dercetas com a espada de Antônio.*)

ANTÔNIO
>	Estás aí, Diomedes? Com a espada
>	Golpeia até que eu morra.

DIOMEDES
>	 Meu senhor,
>	Cleópatra, minha ama, é quem me manda...

ANTÔNIO
>	Mandou quando?

DIOMEDES
>	 Inda agora.

ANTÔNIO
>	 Onde está?

DIOMEDES
>	No monumento. Anteviu, com medo,
>	Tudo o que aconteceu: pois quando viu —
>	Mesmo sem provas — que desconfiava
>	Que arreglara com César, e sua ira
>	Não cedia, anunciou sua morte;
>	Temendo as consequências, me enviou
>	Pra dizer a verdade, mas eu chego,
>	Temo, tarde demais.

ANTÔNIO
>	Demais, bom Diomedes. Chama a guarda.

DIOMEDES
    Aqui! A guarda do imperador! Venham!
    Seu senhor os chama.

(Entram quatro ou cinco da Guarda de Antônio.)

ANTÔNIO
    Levem-me, amigos, onde está Cleópatra.
    É o último serviço que lhes peço.

1º GUARDA
    É pena que não viva pra acabar
    Com todos os que o servem.

TODOS
                        Dia aziago!

ANTÔNIO
    Não agradem o fado, meus amigos,
    Com a honra da tristeza. Bem recebam
    O que vem nos punir, e que punimos
    Parecendo enfrentá-lo com alegria.
    Me peguem; agora me carreguem,
    E tenham todos minha gratidão.

(Saem, carregando Antônio e Eros.)

CENA XV — ALEXANDRIA. UM MONUMENTO.

(Entram, ao alto, Cleópatra e suas Aias, com Charmiana e Iras.)

CLEÓPATRA
> Charmiana, daqui não saio mais.

CHARMIANA
> Console-se, senhora.

CLEÓPATRA
> Isso, nunca.
> Bem-vindos são horrores e tormentos,
> Mas desprezo o consolo. A nossa dor,
> Igual à nossa causa, será grande
> Como o que a cria.
> (*Entra, embaixo, Diomedes.*)
> E então? Ele está morto?

DIOMEDES
> A morte o cerca, porém não 'stá morto.
> Olha para o outro lado desta torre,
> Pra lá levou-o a sua guarda.

(*Entra, embaixo, Antônio, carregado pela Guarda.*)

CLEÓPATRA
> Ó sol,
> Queima a esfera em que te moves, e apaga
> As praias deste mundo! Ó meu Antônio,
> Antônio! Ajudem-me, Charmiana e Iras!
> Ergamo-lo pra cá, amigos.

ANTÔNIO
> Paz!
> Não me venceu a bravura de César,
> Mas a de Antônio sobre si triunfa.

CLEÓPATRA
   E assim devia ser pra só Antônio,
   Antônio conquistar; porém é triste!

ANTÔNIO
   Eu morro, Egito, eu morro. Aqui, agora,
   Só incomodo um momento a morte
   Até poder pousar, dentre milhares
   Ainda um beijo, o final, em teus lábios.

CLEÓPATRA
   Eu não ouso, senhor. Perdão, não ouso
   Pra não ser presa. O esplendor do desfile
   De César triunfante não terá
   A mim qual joia. Se serpente, faca
   Ou droga são fatais. Estou a salvo:
   Otávia, tua esposa, de olhos baixos
   E recatada, não comprará honra
   Menosprezando-me. Mas vem, Antônio,
   Aias, ajudem-me — temos de içá-lo.
   Aqui, amigos!

(Todos começam a levantá-lo.)

ANTÔNIO
     Depressa, ou eu morro.

CLEÓPATRA

  Que brincadeira! É pesado o meu amo!
  Nossa força vai toda na tristeza
  Que o faz pesado. Com o poder de Juno
  Eu faria Mercúrio trazer-te em suas asas
  Pra ficar junto a Zeus. Mas sobe aos poucos,
  Tais desejos são tolos. Vem, vem.
  (*Eles levantam Antônio até Cleópatra, ao alto.*)
  Bem-vindo! Morre só após viver,

  Pulsa ao beijar-me. Tivessem meus lábios
  Tal força eu os gastaria.

  (*Ela o beija.*)

TODOS

  Triste cena!

ANTÔNIO

  Eu morro, Egito, eu morro.
  Deem-me vinho, pr'eu falar um pouco.

CLEÓPATRA

  Não, deixa que eu fale, e proteste tão alto
  Que a enganosa Fortuna parta a roda
  Que eu provoquei pecando.

ANTÔNIO

        Ouve, rainha:
  Busca honra e segurança com César.

CLEÓPATRA

  Não andam juntas.

ANTÔNIO
                    Ouve, minha amada,
Dentre os de César, crê em Proculeius.

CLEÓPATRA
Confio em minha mente e minhas mãos,
E em ninguém junto a César.

ANTÔNIO
Estas tristes mudanças no meu fim
Não chores e nem lamentes: pensa apenas
Em dar-lhe força com as glórias passadas
Em que vivi: o maior entre os príncipes,
O mais nobre, que não morre vil,
Nem teve de tirar o elmo ante
Algum compatriota. Sou romano
Por romano vencido. Vai-se o espírito,
Não posso mais.

CLEÓPATRA
                    Nobre entre os nobres, morres?
Nem pensas em mim, que tenho de ficar
No insosso mundo que, com a tua ausência,
Não é mais que um chiqueiro? Vejam, aias:
A coroa do mundo se desfaz.
(*Antônio morre.*)
Meu senhor!
A guirlanda da guerra feneceu!
Foi-se a medida do soldado. O nível
Agora é mesmo pra menino e homem.
Foi-se a disparidade; e não restou

Mais nada que devesse ser notado
Sob a lua que nos visita.

(*Desmaia.*)

CHARMIANA
                              Senhora!

IRAS
Morreu também a soberana.

CHARMIANA E IRAS
Ama!

CHARMIANA
Ah, senhora, senhora!

IRAS
Grande Egito! Imperatriz!

(*Cleópatra estremece.*)

CHARMIANA
Paz, Iras, paz!

CLEÓPATRA
Sou só uma mulher e sujeitada
Às mesquinhas paixões da que ordenha
Ou faz tarefas vis. A mim só cabe
Jogar meu cetro nos deuses cruéis,
Pra dizer que este mundo os igualava
Até que eles roubassem nossa joia.
Não há mais nada. É tola a impaciência,
E impaciência é só pra cães danados.
Será pecado então correr pra morte
Antes que ela nos busque? Que acham, aias?

Vamos, coragem! Como é, Charmiana?
Minhas nobres meninas. Ah, mulheres!
Nossa luz se apagou. Coragem, homens.
Havemos de enterrá-lo. Bravo e nobre,
Vamos fazê-lo com as pompas romanas,
Pra que a morte se orgulhe. Vamos, vamos.
'Stá fria a caixa desse grande espírito.
Mulheres, por amigas nesta sorte
Temos vontade e uma breve morte.

(*Saem. Os que estão no alto levam o corpo de Antônio.*)

ATO V

Cena I — Alexandria. O acampamento de César.

(*Entram César, Agrippa, Dolabella, Mecenas, Gallus, Proculeius e outros, em conselho de guerra.*)

César

Peça-lhe, Dolabella, que se renda.
Diga-lhe que, perdido, faz tolice
Ao criar tais demoras.

Dolabella

Já vou, César.

(*Sai.*)
(*Entra Dercetas, com a espada de Antônio.*)

CÉSAR

        O que é isso? Quem és tu, que ousas
        Entrar aqui assim?

DERCETAS

                Eu sou Dercetas.
        Eu servi Marco Antônio, cujo mérito
        Merecia serviço. Enquanto esteve vivo
        Foi meu senhor, e gastei minha vida
        Matando os que o odiavam. Se lhe agrada
        Aceitar-me pra si, como pra ele
        Eu serei para César. Não querendo,
        Lhe entrego a minha vida.

CÉSAR

                     O que me dizes?

DERCETAS

        Eu digo, César, que Antônio está morto.

CÉSAR

        Notícia como essa deveria
        Criar fenda maior. O nosso globo
        Deveria botar leões nas ruas,
        Homens nas jaulas. A morte de Antônio
        Não é fim único; morava em seu nome
        Metade deste mundo.

DERCETAS

                              Morreu, César.
Não por agente da justiça pública.
Nem faca paga, mas a mesma mão
Que escreveu sua honra nos seus feitos,
Com a bravura que o coração lhe dava
Parou-lhe o coração. Esta sua espada
Roubei do ferimento: veja a mancha
Que fez seu nobre sangue.

CÉSAR

(*Apontando para a espada.*)
Meus amigos,
'Stão tristes? Perdão, deuses, mas tais novas
Lavam os olhos de reis.

AGRIPPA

                              E é muito estranho
Que a natureza mande lamentar
O que tanto buscamos.

MECENAS

                                Honra e erros
Nele eram iguais.

AGRIPPA

                            Mais raro espírito
Não viu a humanidade: mas os deuses
Com falhas fazem homens. César sofre.

MECENAS

Com espelho tão amplo à sua frente,
Deve ver-se a si mesmo.

CÉSAR

                    Ai, Antônio,
Levei-te a isso porque lancetamos
As moléstias do corpo. Era obrigado
A mostrar-te o meu dia declinando,
Ou ver o teu. Nem neste mundo inteiro
Cabíamos os dois. Mas é com sangue
O pranto que me sai do coração,
Por ti, meu irmão e meu rival,
Ser o meu alvo, meeiro do império,
Amigo e companheiro em toda guerra,
Meu próprio braço, e coração onde
Teu pensamento iluminava o meu;
E serem inimigos nossos astros,
Dividindo a igualdade. Ouçam, amigos...
(*Entra um egípcio.*)
Mas falarei em hora mais propícia:
Falam de empenho os olhos desse homem,
Ouçamos o que diz. Quem és tu?

EGÍPCIO

Ainda um pobre egípcio. A minha ama
Presa em tudo o que tem, seu monumento,
Quer informar-se quanto aos seus intentos,
A fim de, preparada, ela amoldar-se
Ao que é forçada.

CÉSAR

                    Eu peço que se alegre;
E em breve há de saber, por um dos meus,
O que determinamos para ela,
Com honra e bondade. Pois César não vive
Pra ser cruel.

EGÍPCIO

    Que os deuses o protejam!

(*Sai.*)

CÉSAR

    Vem cá, Proculeius. Vai dizer-lhe
    Que não terá vergonhas. Dê-lhe o apoio
    De que precise a sua alta paixão,
    Para que, sendo grande, não nos vença
    Com algum golpe mortal. Sua vida em Roma
    É meu triunfo eterno. Vai e traz
    Com pressa o que ela tem a nos dizer,
    E como ela se encontra.

PROCULEIUS

    Já vou, César.

(*Sai.*)

CÉSAR

    Gallus, vá junto.
    (*Sai Gallus.*)
    Onde está Dolabella,
    Pra ir com Proculeius?

TODOS

    Dolabella!

CÉSAR

    Podem deixar, pois agora me lembro
    O que o ocupa. Estará pronto em tempo.
    Venham pra minha tenda, onde verão
    Como lutei pra evitar esta guerra,

E como agi com calma e gentileza
Nos meus escritos. Lá verão, comigo
Como posso mostrá-lo.

(*Saem.*)

Cena II — Alexandria. Uma sala na torre.

(*Entram Cleópatra, Charmiana e Iras.*)

CLEÓPATRA

Minha desolação já me conduz
A uma vida melhor. César é nada.
Não é o Fado, é um criado do Fado,
Que cumpre-lhe a vontade; mas grandeza
É fazer o que finda os outros feitos,
Prende acidentes, impede a mudança;
O que dorme, não prova mais o barro
Que nutre mendigo e César.

(*Entra Proculeius.*)

PROCULEIUS

César saúda a rainha do Egito,
E pede-lhe que estude as exigências
Que deseja atendidas.

CLEÓPATRA

                O teu nome?

PROCULEIUS

Meu nome é Proculeius.

CLEÓPATRA
                    Marco Antônio
          Disse que em ti devia eu confiar.
          Mas não me apraz jamais ser enganada,
          Não crendo em confiança. Se o teu amo
          Quer a rainha a mendigar, diga-lhe
          Que a majestade, ao agir como deve,
          Não pede menos que um reino. E se ele
          Der pra meu filho o Egito que venceu,
          A mim dará do que é meu o bastante
          Pr'eu, grata, ajoelhar-me.
PROCULEIUS
                              Tenha ânimo;
          Está nas mãos de um príncipe. Não tema.
          Apresente o seu caso com clareza
          À gentileza dele, que se estende
          A todos que precisam. Deixe então
          Dizer como se sente, e encontrará
          Um vencedor que quer ser bom pr'aqueles
          Que se ajoelham ao pedir.
CLEÓPATRA
                Pois diz-lhe
          Que sou vassala de seu fado e envio-lhe
          A grandeza já sua. De hora em hora
          Aprendo obediência e, com alegria,
          Gostaria de vê-lo.
PROCULEIUS
                        Assim direi.
          Anime-se, pois sei que quem causou
          A sua dor dela tem pena.

(*Entra Gallus, seguido por Soldados.*)

GALLUS

(*para os Soldados*)
Vejam o quanto é fácil surpreendê-la:
Guardem-na até César vir.

(*Sai.*)

IRAS
                        Real senhora!
CHARMIANA
Está presa, Cleópatra.
CLEÓPATRA
Depressa, depressa!

(*Toma um punhal.*)

PROCULEIUS
                      Não, nobre dama!
(*Agarra-a e a desarma.*)
Não se faça tal mal, com este gesto.
Foi salva, não traída.
CLEÓPATRA
                   Até da morte,
Que livra os nossos cães de dor?

PROCULEIUS
                              Cleópatra,
Não desafie a bondade de César
Destruindo-se assim. Deixe que o mundo
Veja a nobreza dele, que a sua morte
Não deixa aparecer.
CLEÓPATRA
                          Onde estás, morte?
Vem, vem, vem, vem, e toma uma rainha
Que vale mil bebês e pobres!
PROCULEIUS
                                Calma!
CLEÓPATRA
Não comerei carne; não beberei, senhor;
Farei somente o necessário;
Nem dormirei. Destruirei meu corpo
A despeito de César. Senhor, saiba
Que à corte do seu amo eu não irei
Agrilhoada ou para que me humilhe
O olhar de Otávia. Querem pendurar-me
Pra me exibir ante os gritos da plebe
Da Roma que me acusa? Eu prefiro
Uma vala no Egito como tumba!
Ou jazer nua na lama do Nilo
Deformada por moscas! Ou fazer
Das pirâmides forcas de onde eu penda,
Presa em correntes.

PROCULEIUS

                A senhora cria
Assim pensando horrores muito acima
Do que terá de César.

(*Entra Dolabella.*)

DOLABELLA

                    Proculeius,
O que fizeste o teu amo César já sabe
E o mandou chamar. Quanto à rainha,
Fica sob minha guarda.

PROCULEIUS

                    Dolabella,
Isso me satisfaz. Seja gentil;
(*para Cleópatra*)
A César eu direi o que deseja,
Se assim quiser.

CLEÓPATRA

           Só que quero morrer.

(*Sai Proculeius com Gallus e Soldados.*)

DOLABELLA
   Grande rainha, ouviu falar de mim?

CLEÓPATRA
   Eu não sei.

DOLABELLA
            Mas por certo me conhece.

CLEÓPATRA
> Não importa o que sei ou o que ouvi.
> Te ris dos sonhos de menino e fêmea,
> Não é assim?

DOLABELLA
> Eu não a compreendo.

CLEÓPATRA
> Eu sonhei com Antônio Imperador.
> Quem me dera dormir, pra ver de novo
> Outro homem igual!

DOLABELLA
> Mas por favor...

CLEÓPATRA
> Sua face era o céu, onde brilhavam
> Sol e lua, em seu curso, iluminando
> O pequeno O, da terra...

DOLABELLA
> Soberana...

CLEÓPATRA
> As pernas montavam mares, e o braço
> Erguido coroava o mundo. A voz
> Tinha o som das esferas pros amigos;
> Mas se queria abalar toda a terra,
> Era como o trovão. Seu gosto em dar
> Não conhecia inverno; era um outono
> Que ficava mais rico ao ser colhido.
> Seu prazer, qual delfim, mostrava o dorso
> Acima do seu mundo. A seu serviço,
> Coroas, diademas, reinos, ilhas
> Caíam-lhe dos bolsos, qual moedas.

DOLABELLA

                                          Cleópatra!

CLEÓPATRA

Tu crês que exista, ou que existiu
Esse meu sonho?

DOLABELLA

                Não, gentil senhora.

CLEÓPATRA

Estás mentindo aos ouvidos dos deuses.
Porém, se existe, ou existiu tal homem,
Ele é maior que o sonho. À natureza
Falta com o que criar formas fantásticas,
Porém a natureza fez Antônio,
Maior que as sombras.

DOLABELLA

                Ouça-me, senhora.

A sua perda tem sua medida,
E é igual sua reação. Se a mim não cabe
Igualar seu exemplo, mesmo assim,
Como eco da sua, eu sinto dor
Que abala o coração.

CLEÓPATRA

                   Eu te agradeço.
Sabes o que César vai fazer comigo?

DOLABELLA

Dói-me dizer o que quero que saiba.

CLEÓPATRA

Não, por favor...

DOLABELLA

                Embora seja honroso.

CLEÓPATRA

 Vai levar-me em triunfo.

DOLABELLA

 Senhora, eu sei que vai.
 (*Clarinada e gritos, fora.*)
 "Abram caminho para César!"

(*Entram Proculeius, César, Gallus, Mecenas e outros de seu Séquito.*)

TODOS

 Abram caminho para César!

CÉSAR

 Qual é a rainha do Egito?

DOLABELLA

 É o imperador, senhora.

(*Cleópatra se ajoelha.*)

CÉSAR

 Levanta-te. Não te ajoelhes.
 Peço que se levante, Egito.

CLEÓPATRA

     Os deuses,
Senhor, assim o querem. A meu amo
Eu devo obedecer.

(*Cleópatra levanta-se.*)

CÉSAR
>Não penses mal.
De todo o mal que a nós possa ter feito,
Mesmo escritos na carne, só lembramos
Como coisas do acaso.

CLEÓPATRA
>Amo do mundo,
Não sei apresentar a minha causa
Pra torná-la bem clara, mas confesso
Ter sido mais que farta nas fraquezas
Que envergonham meu sexo.

CÉSAR
>Mas, Cleópatra,
Buscamos mais perdão que agravamento.
Se fizeres um esforço pro nosso intento,
Que pra ti é gentil, hás de encontrar
Vantagem em tal troca; mas se buscas
Tornar-me mais cruel, buscando o curso
Tomado por Antônio, irás privar-te
De meu bom ânimo, mandando seus filhos
Para a destruição de que hoje os guardo,
Se tens confiança em mim. E ora peço licença.

CLEÓPATRA
A tem no mundo inteiro. Ele é seu, e nós
Seus brasões; suas marcas de conquista
Pendem onde quiser. Eis, meu senhor.

CÉSAR
Sobre Cleópatra sempre hei de ouvir-te.

CLEÓPATRA

(*Entregando um papel.*)
É um resumo de tudo o que tenho,
Em dinheiro, pratarias e joias.
Sem ninharias. Onde está Seleucus?

(*Entra Seleucus.*)

SELEUCUS

Aqui, senhora.

CLEÓPATRA

Meu tesoureiro; deixa-o dizer, senhor,
A risco seu, que eu não reservei
Nada pra mim. A verdade, Seleucus.

SELEUCUS

Minha senhora,
Eu prefiro calar do que, a meu risco,
Dizer o que não é.

CLEÓPATRA

O que retive eu?

SELEUCUS

Bastante pra comprar o declarado.

CÉSAR

Cleópatra, não cores. Até aprovo
O teu gesto assim sábio.

CLEÓPATRA
                    Veja, César!
O que é o fim da pompa! O meu é teu!
Porém, mudando, o teu seria meu.
A ingratidão de Seleucus me deixa
Desatinada. Escravo inconfiável,
Como amor pago. O quê? 'Stás recuando?
Pois vai, mas juro que te alcanço os olhos
Mesmo que voem. Cão, vilão sem alma!
Ah, vil dos vis!

CÉSAR
                    Rainha, por favor...

CLEÓPATRA
César, essa vergonha fere fundo,
Que quando se rebaixa a visitar-me,
Trazendo a honra da sua nobreza
A alguém tão humilde, um meu criado
Aumenta a soma das minhas desgraças
Juntando a sua inveja. Diz, César,
Que eu tenha reservado alguns berloques,
Brinquedos tolos, coisas sem valor
Com que saudamos amigos fortuitos,
Ou separado uns mimos de valor
Para Lívia e Otávia, pra pedir
A sua intercessão, deve dizê-lo
Alguém que assim fiz? Deuses! Me atingem
Mais baixo do que caí. (*para Seleucus*) Vai-te embora,
Ou mostro as brasas de minha coragem
Atrás das cinzas do meu fado. Sendo homem,
Terias me poupado.

CÉSAR
               Paz, Seleucus.

          (Seleucus sai.)

CLEÓPATRA
        Saibam que a nós, os grandes, se atribuem
        Coisas que os outros fazem; e, ao cairmos,
        Nós respondemos por erros alheios,
        E merecemos piedade.

CÉSAR
              Cleópatra,
        Nem o guardado e nem o que admitiu
        Nós conquistamos. Continue tudo teu,
        Para dar à vontade, e acredite
        Que não sou mercador, pra dar valor
        Ao que eles te venderam. Tem ânimo,
        Não seja prisioneira de sua mente.
        Cara rainha, para o teu destino,
        Hei de ouvir teus conselhos. Come e dorme.
        O cuidado e a piedade pra contigo
        Nos fazem teu amigo; e agora, adeus.

CLEÓPATRA
        Meu amo e meu senhor!

CÉSAR
               Jamais. Adeus.

        (Clarinada. Saem César e seu Séquito.)

CLEÓPATRA
    É só conversa, amigas, pra que eu
    Não aja com nobreza. Ouve, Charmiana.

(*Ela sussurra para Charmiana.*)

CHARMIANA
    Chega, senhora. A luz do dia foi-se.
    Pra nós, a escuridão.
CLEÓPATRA
        Vai depressa,
    Eu já falei, está providenciado.
    É agir bem depressa.
CHARMIANA
        Eu vou, senhora.

(*Volta Dolabella.*)

DOLABELLA
    A rainha?
CHARMIANA
      Ali, senhor.

(*Sai.*)

CLEÓPATRA
        Dolabella!

DOLABELLA
>	Como jurei, senhora, e me ordenou,
>	(E o meu amor por voto lhe obedece)
>	Venho dizer-lhe: é intenção de César
>	Viajar pela Síria, e em três dias
>	A senhora e seus filhos vão na frente.
>	Faça disso o melhor uso. Eu já cumpri
>	Seu desejo e minha jura.

CLEÓPATRA
>	 Dolabella,
>	Eu te sou devedora.

DOLABELLA
>	 E eu, seu criado.
>	Boa rainha, adeus. Vou servir César.

CLEÓPATRA
>	Adeus, sou grata.
>	(*Sai Dolabella.*)
>	 E o que pensas, Iras?
>	Tu, boneca egípcia, hás de ser vista
>	Em Roma, como eu. A plebe escrava,
>	De aventais sujos, réguas e martelos,
>	É que irá carregar-nos. E na névoa
>	De seu bafo de dieta barata
>	Beberemos seus vapores.

IRAS
>	 Oh, deuses!

CLEÓPATRA

    É certo, Iras. Guardas abusados
    Vão dizer-nos rameiras; maus poetas
    Farão baladas ruins. Os comediantes,
    De improviso apresentarão nos palcos
    As festas de Alexandria: Marco Antônio
    Vai ser mostrado bêbado, e eu verei
    Um menino guinchar minha grandeza,
    E com ares de puta.

IRAS

    Meus bons deuses!

CLEÓPATRA

    Não, é certo.

IRAS

    Não verei isso! Eu sei que minhas unhas
    São mais fortes que os olhos.

CLEÓPATRA

                      Esse é o jeito
    De lhe acabar com o plano, e derrotarmos
    Esses absurdos.
    (*Volta Charmiana.*)
              Agora, Charmiana!
    Que eu pareça rainha, minhas aias,
    Com vestes lindas. Vou voltar a Cydnus,
    Pra encontrar Marco Antônio. Busque-as, Iras.
    (Nobre Charmiana, agora temos pressa),
    E feita esta tarefa, tens licença
    Pra brincar: traga também a coroa.
    (*Saem Iras e Charmiana. Barulho fora.*)
    Que barulho é esse?

(*Entra um Guarda.*)

GUARDA

                    Um sujeito do campo,
Que quer entrar e não aceita um não.
Traz-lhe figos.

CLEÓPATRA

Pode entrar.
(*Sai o Guarda.*)
                  Como um instrumento humilde
Faz atos nobres! Traz-me a liberdade:
Estando eu resolvida, nada resta
De feminino. Da cabeça aos pés
Sou mármore constante. A fútil lua
Não é planeta meu.

(*Volta o Guarda, com um Cômico trazendo uma cesta.*)

GUARDA

                  Está aqui o homem.

CLEÓPATRA

Vai embora, e deixa-o.
(*Sai o Guarda.*)
Trouxeste aí o lindo verme do Nilo
Que mata, mas não dói?

CÔMICO

Está aqui comigo, mas não sou eu que ia gostar que a senhora tocasse nele, pois tem mordida imortal: ora ele mata, ou quem os come raramente ou nunca ficam bons.

CLEÓPATRA

    E lembras-te de alguém que ele matou?

CÓMICO

    Muitos e muitos; homens e mulheres. Ouvi falar de uma ainda ontem — uma mulher muito honesta, meio dada a mentiras, coisa que mulher não deve fazer a não ser por honestidade —, e de como foi a mordida e que dores sentiu. Na verdade ela fala muito bem do verme: mas aqueles que acreditam em tudo o que se diz não serão salvos nem pela metade do que fazem. Mas isso é muito falível, o verme é um verme muito esquisito.

CLEÓPATRA

    Agora vai. Adeus.

CÓMICO

    Espero que o verme lhe dê satisfação.

(*Pousa a cesta.*)

CLEÓPATRA

    Passar bem.

CÓMICO

    Mas olhe, tem de se lembrar que o verme faz o que lhe compete.

CLEÓPATRA

    Sei, sei. Adeus.

CÓMICO

    Olhe aqui, não se pode confiar no verme, a não ser nas mãos de gente de juízo; porque, para falar a verdade, não existe a menor bondade nesse verme.

CLEÓPATRA

    Não te preocupes; ele será bem-cuidado.

CÔMICO

    Muito bem. Não dê nada para ele, pois nem vale a ração.

CLEÓPATRA

    Será que come a mim?

CÔMICO

    Não pense que eu seja tão bobo que não saiba que nem o próprio diabo come uma mulher. Sei que a mulher é um petisco para os deuses, se o diabo não temperá-la. Mas na verdade, esses mesmos diabos filhos da mãe fazem muito mal aos deuses com suas mulheres, pois de cada dez que eles criam, o diabo estraga cinco.

CLEÓPATRA

    Está bem. Vai-te embora. Passar bem.

CÔMICO

    Na certa. E que o verme lhe dê alegria.

(*Sai.*)
(*Voltam Charmiana e Iras, com um manto, a coroa e outras joias.*)

CLEÓPATRA

    Deem-me o manto. Ponham-me a coroa.
    Tenho ânsias imortais em mim. Não mais
    O néctar de uvas molhará meus lábios.
    (*As mulheres a vestem.*)
    Depressa, Iras! Depressa! Como que ouço
    Antônio que me chama. Vejo-o erguer-se

Para louvar meu nobre ato, e rir-se
Da ventura de César — a que os deuses
Dão em desculpa à cólera divina.
Meu marido, eu já vou! Minha coragem
Me dá direito ao uso desse nome!
Sou ar e fogo; os outros elementos
Dou à vida mais baixa. Tudo pronto?
Tomem-me o calor final dos lábios.
Adeus, gentil Charmiana. Iras, adeus.
(*Beija-as. Iras cai morta.*)
Tenho eu veneno nos meus lábios? Morre?
Se ela tão fácil rompe com a vida
A morte é como o gesto de um amante
Que fere e é desejado. Está imóvel?
Se assim desmaia afirma que este mundo
Não vale o nosso adeus.

CHARMIANA

Rompam-se em chuva, nuvens, pr'eu dizer
Que os deuses choram.

CLEÓPATRA

                Isso me faz vil.
Se ela chegar primeiro ao meu Antônio,
Ele a interrogará, dando-lhe o beijo
Que será o meu céu.
(*Para a serpente, que ela aplica contra o seio.*)
                —Vem, miserável;
Com teus agudos dentes o intrincado
Nó da vida desfaz. Apressa agora,
Assassina insensata, o desenlace.
Se pudesses falar eu te ouviria
Chamar César de asno ingênuo!

CHARMIANA
>	Oh, estrela do oriente!
CLEÓPATRA
>	Paz, paz!
>	Não vê aqui meu filho que, no seio,
>	Adormece sua ama?

CHARMIANA
>	Morra! Morra!
CLEÓPATRA
>	Doce bálsamo, ar suave, delicado;
>	Oh Antônio! Não, vem tu também.
>	(*Aperta a outra serpente contra o peito.*)
>	O que devo dizer...

(*Morre.*)

CHARMIANA
>	A este mundo vil? Que parta em paz.
>	Gabe-se agora, morte, que hoje é sua
>	Uma mulher sem par. Janelas, fechem, e
>	Febo dourado não será mais visto
>	Por olhos tão reais! A sua coroa
>	Está torta; eu endireito, e vou brincar.

(*Entra apressada a Guarda.*)

1º GUARDA
>	A rainha?
CHARMIANA
>	Baixinho. Não a acorde.

1º GUARDA
    César mandou...

CHARMIANA
    Atrasado.
    (*Aperta uma serpente contra o peito.*)
    Vamos. Depressa! Já a estou sentindo.

1º GUARDA
    Olá! Problemas! Enganaram César.

2º GUARDA
    César mandou Dolabella. Chamem-no.

    (*Sai o 2º Guarda.*)

1º GUARDA
    E isto, Charmiana, foi bem-feito?

CHARMIANA
    Bem-feito e certo para uma princesa
    Que descende de tão régios reis.
    Ah, soldado!

    (*Morre.*)
    (*Volta Dolabella.*)

DOLABELLA
    O que houve?

2º GUARDA
    Todas mortas.

DOLABELLA

                        Estava César
Certo em seu pensamento. E irá chegar
Pra ver concretizado o ato horrível
Que tentou evitar.
(fora)
"Abram caminho para César!"

(Entra César com seu Séquito.)

DOLABELLA

    Senhor, foi mais que certo o seu augúrio;
    Foi feito o que temia.

CÉSAR

                    Brava até o fim,
Destruiu nosso intento; era real
E escolheu seu caminho. Não há sangue.
Como morreu?

DOLABELLA

                  Quem foi que a viu por último?

1º GUARDA

    Um simples lavrador, que lhe trouxe figos.
    A cesta é dele.

CÉSAR

                Veneno, então.

1º GUARDA

                      César,
Charmiana estava viva, e ainda falou.
A encontrei arrumando a coroa
Da ama morta. Pôs-se em pé tremendo,
E então caiu.

CÉSAR

                Oh, que nobre fraqueza!
Se engolissem veneno, todos viriam,
Porque se inchariam; porém ela dorme,
Como querendo capturar outro Antônio
Na rede de sua graça.

DOLABELLA

                  Aqui no seio
Há picadas de sangue e, meio inchadas,
Também aqui no braço.

1º GUARDA

Isso é traço de cobra, e nessas folhas
De figo vê-se o musgo que elas deixam
Nas cavernas do Nilo.

CÉSAR

                  E é provável
Que assim tenha morrido; pois seus médicos
Dizem que investigou número infindo
De modos de morrer. Levem seu leito,
E desta torre tirem as mulheres.
Ela será enterrada com Antônio.
Não há tumba no mundo que contenha
Par tão famoso. Eventos como estes
Afetam seus autores: sua história
Não é menor em dor que a glória dele,
Que os faz ser lamentados. A nossa tropa
Irá ao funeral com plena pompa,
Depois, pra Roma. Dolabella, ordene
Ordem perfeita neste ato solene.

(*Saem todos. Os Soldados carregam os corpos.*)

Direção editorial
Daniele Cajueiro

Editora responsável
Ana Carla Sousa

Seleção de textos e consultoria
Liana de Camargo Leão

Produção editorial
Adriana Torres
Laiane Flores
Allex Machado

Revisão
Beatriz D'Oliveira
Fernanda Pantoja
Raquel Correa
Vanessa Gonçalves Dias

Projeto gráfico de miolo e capa
Larissa Fernandez Carvalho
Letícia Fernandez Carvalho

Diagramação
S2 Books

Este livro foi impresso em 2022
para a Nova Fronteira.